황진이

이태준문학전집 12

황 진 이

황진이

『이태준문학전집 12 · 황진이』을 내면서

    상허 이태준(尙虛 李泰俊)은 우리 근대문학에서 단편소설의 진수를 보여준 작가이다. 그는 1930년대 '구인회'를 주도하면서 카프(KAPF)의 정치주의적 문학행위를 지양하고자 노력하는 한편, 박태원·이상 등과 함께 근대문학의 형식과 문체 확립에 뚜렷한 공적을 남긴 것으로 평가된다. 이른바 '암흑기'였던 일제 말기에는 순수 문예지 《문장》의 실질적 책임자로서 국문학 발전과 후진 양성에 남다른 열정을 보여주기도 하였다. 문학의 자율성과 예술성을 상실하지 않으면서도 사회 현실의 문제를 외면하지 않았던 그의 단편소설은 소설사에서 30년대를 대표하는 것으로 인정받고 있으며, 장편소설 또한 통속성과 계몽성을 조화시킨 것으로 평가되고 있다.

    이태준은 당대에 가장 널리 읽혀진 작가였으나 해방 후의 월북으로 말미암아 그에 대한 관심과 평가는 한동안 정곡을 잃을 수밖에 없었고, 전후 세대들에게는 복자(覆字)로 가리워진 익명의 존재로 남아 있었다. 1988년 월북 작가에 대한 해금조치를 전후로 하여 이태준에 대한 문단과 학계의 관심이 집중되면서 그의 작품이 본격적인 조망을 받기 시작한 것은 그나마 다행한 일이라 하겠다.

이태준 문학이 지닌 문학사적 성과와 문제성을 고려할 때 정본이라 할 만한 이태준 전집에 나오지 않은 것은 여간 아쉬운 일이 아니다. 물론 지금까지 간행된 이태준 전집이 전문연구자나 일반 독자에게 이바지한 공적은 간과할 수 없지만, 그것들은 판본 문제나 체제에 있어서 적지않은 문제점을 드러내고 있기 때문이다.

'상허문학회'는 이러한 문제의식을 공유하면서 우선 철저한 원본 검토와 여러 판본의 대조를 통해서 기존 판본의 문제점을 최소화하려 노력하였으며, 이제까지 경시되었던 수필과 기행문, 월북 후의 작품을 총망라하여 명실상부한 이태준 전집이 되도록 편성하였다. 또한 각 권마다 해설과 낱말 풀이를 덧붙여 일반 독자의 이해를 돕고자 하였다.

총 18권으로 기획된 『이태준문학전집』은 실존적 개인의 문학을 총집결한 것일 뿐만 아니라 1930년대 소설의 중요한 성과를 묶은 것이라는 점에서 주목받을 수 있을 것이다. 이 전집이 이태준에 대한 일체의 선입견을 불식하고 그의 문학과 인간을 총체적으로 조감할 수 있는 계기가 되기를 바라며, 독자들의 소중한 재산으로 기억될 수 있기를 희망한다.

『이태준문학전집』 편집위원

□ 서언

　사람은 그 시대 환경에 끌리어 다행히 되는 일도 있겠지마는 또는 그 천품도 내내 발휘하지 못하고 마는 불행한 이가 여북 많을 것이 아니다.
　그러나 정말 놀라운 천품을 타고난 이는 그 천품을 타고난 대로 필경 발휘하는 것이다. 그는 흔히 험한 역경에 있으면서도 그걸 정복하고 벗어난다. 도리어 그 역경이 그를 더 굳세게 큼즉하게 도와주는 것 같다. 위인의 전기 등을 보면 위인에는 그런 이가 아니고는 아니 될 것 같다.
　우리 조선의 황진이(黃眞伊)도 그런 이의 하나이다.
　그는 이조 중종(李朝 中宗)때 송도(松都) 황진사(黃眞士)의 서녀로서 절등한 미모, 호협한 성질, 탁월한 재분을 가지고 거문고 노래 시가 등을 잘하고 기생이 되어 국중 명창율객(名唱律客)과 문인학자(文人學者)와도 사귀고 명산대천을 찾어 놀기도 하여 그 일생을 분방자유하게 살았다.
　그의 사적은 식소록(識小錄) 어우야담(於于野談) 송도기이(松都記異) 소호당집(韶護堂集) 중경지(中京誌)에 약간 실려있고 그의 저작은 기아(箕雅) 동국시화(東國詩話) 소화시평(小華詩評) 해동가요(海東歌謠) 청구영언(靑丘永言) 가곡원류(歌曲原流) 대동풍아(大東風雅)에 적혔는데 우리 노래의 단가(短歌)가 여섯수, 한시(漢詩)가 오언 칠언 시률 합하여 네수쯤 전한다. 이와 같이 그의 사적, 저작은 전하는 것이 풍부하달 수 없으되 그것으로도 그의 인물생활 가치는 얼마큼 짐작할 수 있다.

그는 한 명기(名妓)라 하기보다도 뛰어난 한 예술가(藝術家)이었다.

그는 문벌도 상당한 집에 태어나 그 순결한 처녀로서 기생생활에 전환함은 악착하고 좁은 그 문을 벗어나 좀 더 너그럽고 수나롭게 살자든 것이다.

그는 기생을 한 직함으로 삼고 예술에 살자든 것이다.

그는 실로 예술이 종래의 그 구구하든 제도나 도덕의 부문보다는 넓은 것임을 알었든 까닭이다.

이에 이를 이태준군이 소설로 지었다. 군은 그 동안 소설을 많이 지었으되 이러한 소설만은 처음겸 마지막으로 써본다 하고 매우 노작을 하였다. 그 주밀한 마련과 세련된 붓끝으로 황진이의 일대생활을 영절스러이 그려내었을 줄 믿고 이 소설을 보실 여러분에게는 더 말씀을 드리지 않으려 한다.

부안 이른 봄 매화옥 가람

황진이 차례

「이태준문학전집 12 황진이」를 내면서

서언 - 이병기

황진이 상편 · 13
황진이 중편 · 90
황진이 하편 · 187

책 뒤에 - 이태준 · 224

해설 · 229
황진이는 누구인가 - 이병렬

어휘해설 - 정후수 · 242

황진이

일러두기

1. 이 책은 「이태준문학전집 12권」, 1936. 6. 2~1936. 9. 4일까지 조선중앙일보에 연재되었던 소설로서 1946년 8월 동광당서점에서 발행된 단행본을 판본으로 삼았다.
2. 표기는 현대표기법으로 고쳤으나 대화나 독백은 원문의 구어, 방언 등을 그대로 두었으며 바탕글에서도 방언이나 확실히 그 뜻을 알 수 없는 낱말들은 그대로 두어 원문의 분위기를 해치지 않으려 하였다. 지금의 문법에 어긋나는 몇몇 어미, 조사, 낱말 등은 당시의 언어 쓰임새를 보여준다고 판단되어 그대로 두었다.
3. 띄어쓰기는 현행 맞춤법표기로 하였다.
4. 원본의 한자는 모두 ( )안으로 처리하였다.
5. 작품 속의 미번역 한문 구절이나 한시는 원문 옆에 정후수 교수가 새로 번역하여 넣고, 뜻풀이가 필요한 낱말 등은 《어휘해설》로 풀어 넣었다.

황진이 상편

 "부유칠거(婦有七去)하니 불순부모거(不順父母去)하며 무자거(無子去)하며 음거(淫去)하며 투거(妬去)하며 유악질거(有惡疾去)하며 다언거(多言去)하며 절도거(竊盜去)니라"

 소학(小學)을 읽는 소리, 한 번 읽고 날 때마다 서산(書算)을 한 눈씩 제쳐놓노라고 읽는 소리는 잠깐 끊어지곤 한다.

 "계집에게 일곱 가지 내침이 있나니 부모께 순치 않으면 내치며 아들이 없으면 내치며 음란하면 내치며 새음하면 내치며 사나운 병이 있으면 내치며 말이 많으면 내치며 도적질하면 내칠지니라."

 한 음성이되 새기는 소리가 더 또렷하다. 아직 애티가 있으나 그냥 맑지만 않고 광채가 날 듯이 영롱한 목소리다.

 진이(眞伊)는 채견채견 백 번을 읽고 새기어 서산 눈이 모조리

한 번씩 떴다가 감겨졌을 때, 글읽기를 멈추었다. 잠깐 서산만 들여다보다가 버선 뒷목을 지긋이 잡아당기며 일어선다. 파초선 놋촛대에서 빙글빙글 무리를 쓴 불방울이 치맛바람에 펄러럭 하고 한 번 물러섰다가 다시 자리를 잡으며 비추이는 진이의 머리채, 겨우 열뒤 살밖에 나지 않은 소녀이나 제법 물고기 같은 미끈하고 꿈틀거림이 있다.

회똑회똑 가 벽장 문을 열더니 회장 밑에 겨드랑이 드러나도록 팔을 높여 한 쌍의 작은 색상자를 꺼내왔다. 상자마다 뚜껑을 여니 알룩달룩한 비단오리가 붕싯이 비져나온다. 서산의 속받침으로 이 비단오리를 대어보고 한참, 저 비단오리를 대어보고 한참, 얼른 어느 빛으로 정하지 못하는듯, 그러나 연두빛보다는 초록이 더 좋았고 분홍보다는 진당홍이 더 마음에 드는 듯하다.

'초록으로 할까 진당홍으로 할까?'
생각하는 동안,

찰까닥……

찰까닥……

베짱이 소리가 암팡스럽게 귀청을 울린다.

"베짱이! 넌 새파랗지? 난 빨갱이다. 잘 익은 꽈리처럼 불덩이처럼 새빨간 빨갱이가 난 좋드라……"

진이는 홍대단 오리를 골라 서산 속을 갈아 받치고, 그리고 나서 다시 글읽기를 시작한다.

여러 날을 두고 외삼촌을 졸라 이날 새로 떠 가진 서산이다. 달

콤하고 향깃한 미지 냄새가 그냥 풍기고 꼭 누르면 빠지직 소리까지 나고 똑 무슨 노리개처럼 정이 폭폭 드는 서산이다. 이 서산이 다시 한 차례 쭉 젖혀지도록 읽고 나서는 목이 말랐다.

뒷문을 열었다.

배나무 그림자뿐, 땅은 서리 같은 달빛에 덮였다. 신코부터 돌려놓고 일어서 나온 진이는 배나무 밑으로 가서 장대를 집어들었다. 그리고 위를 쳐다보았을 때,

"아이구머니!"

소리를 치고 물러났다. 웬 시꺼먼, 분명히 사내아이인 그림자 하나가 배나무 위에 쭈그리고 앉았는 때문이다.

"오, 너 이새끼 용쇠 녀석이구나?"

용쇠란 바깥채에 들어 있는 하인의 자식.

"너 냉큼 안 내려올련? 능청스럽게 밤중에 배서리허러 안뒤란으루 막 들어오구…… 너 얼른 안 내려올련? 내 어머님께 여쭐 테다."

그러니까야 대답은 없으나 소년의 그림자는 쭈루루 나무를 타고 내려왔다.

"뭐!"

진이는 두 번째 놀랐다.

두 바짓가랑이가 디룩디룩하게 따넣다 못해 귀밑머리까지 풀어가지고 앞 뒤 대가리에다 다 배를 둘러달은, 귀신 같은 그 모양에 놀랐기보다 그 소년은 자기집 하인의 자식이 아니라 생판 모르는

사내아이기 때문이요, 또 나무에서 내려선 것을 보니 나무 위에 있을 때보다 엄청나게 큰 아이기 때문이다.

그러나 처음 보는 사내아이라 해서 또 자기보다 한두 살 더 먹어 보인다 해서 자기에게 사로잡힌 자에게 도리어 질겁을 하여 비실비실 피하고 싶은 생각은 털끝만치도 없다. 더구나 소리만 한번 지르면 어머니와 하인들이 화살같이 내달아 줄 것을 믿는 진이는 매몰차게 아랫입술을 물었다 놓으며 꽃당혜 신은 발을 한번 굴렀다.
"너 뉘집 새끼니 너?"
"……"
"벙어리니?"
"……"
소년은 무거운 바짓가랑이를 두 손으로 치켜잡았을 뿐, 귀신처럼 잠잠하다. 진이는 전신에 소름이 오싹해졌다. 그러나 둘러보면 달빛에 뜰안은 대낮 같이 밝을 뿐 아니라 그 아이의 얼굴이 크고 서늘한 눈자위에 빛나 도적놈다운 모진 구석이라고는 얼른 띄는 데가 없다.

진이는 또 한번 담을 내어 용쇠 녀석 나무라던 본으로 대어들었다.
"너 뉘집 새끼냐 말야? 안 대면 어른들 부를 테다 괜히."
"저…… 저 위 먹굴 글방서 왔다."
"글방에서?"

"그래."

"글방에서 글공부 안 시키구 남의 집 배서리하는 거나 가르치든?"

"……"

소년은 달빛을 함뿍 받아 성은 났으나 배꽃처럼 희게 핀 진이의 얼굴만 뚫어지게 마주볼 뿐, 무거운 입술을 다시 다물고 말았다.

그러나 분명 인간의 음성이요, 더구나 그 얼굴 생김과 같이 모질지 못한 음성임을 한 번 들은 이상, 진이는 마음을 턱 놓아 다시는 얼마든지 문초할 힘이 생긴다.

"그게 서당이니 성황당이니 무슨 훈장이 도적질을 가르쳐?"

"……"

"거짓말이지? 글방은 무슨 글방, 글방에 다니는 녀석이 이런 짓을 해?"

그러나 자세히 보니 소년의 옷에 군데군데 먹이 묻기는 하였다.

"응 이새끼야?"

"정말이다. 접장이 막 때리면서 골목꺼정 가리켜줘 왔다."

"접장이 시켰어?"

"그래."

"그럼 너희 글방은 훈장두 없니? 있어두 등신이냐?"

"제사 지내러 가시구……"

"오—라, 훈장네 제사 두 번만 지내단 너희 모두 불한당 새끼 되겠구나. 망할 자식들…… 뭐구 다 끌러놔라, 굵은 걸루만 땄겠구나."

 소년은 잠자코 두 바짓가랑이의 대님을 끄른다.

 "가만가만 못 끄르니. 모래 다 박히겠다."

 소년은 두 가랑이엣것을 다 쏟아놓고 머리에 달린 것도 끄르려 하니 진이는 얼른,

 "건 싫다. 불쌍해서 준다."

하였다. 소년은 다시 한 번 힐긋 진이를 쳐다보더니 구부리고 대님을 묶었다.

 "이새끼 너 월담해 들어왔니?"

 소년은 청사리가 앞뒤에 매어달려 이마와 뒤통수를 쪼는 고개를 데그럭거리며 끄덕이었다.

 "호…… 웃어 죽겠네…… 이새끼 너 나갈 젠 담 넘어 못 나간다."

 "그럼 어디루 나가니?"

 "내가 아니? 들어올 땐 누가 어디루 들어오래서 들어왔니?"

 진이는 싸리뜨리고 소년의 바짓가랑이에서 나온 두 무더기의 청사리만 제 방 툇마루로 날랐다. 소년은 멍청하니 한자리에 서서 그 모양의 진이만 바라보다가,

 "이새끼 왜 저 개구멍으루 썩 못 겨나가? 하늘에서 은사슬이나 내려오길 기다리니?"

하는 핀잔을 받고야 더펄더펄 수챗구멍으로 가서 배밀이를 해 기어나갔다.

진이가 방에 들어와 배를 불빛에 보니 더 싱그럽고 먹음직스럽다. 제가 나무 밑에서 장대로 따면 그렇게 크고 잘생긴 것으로만 골라 딸 수도 없거니와 으레 땅에 떨어져 반은 으스러지는데 이것들은 못백이 하나 없고 맞닿았던 자국 하나 나지 않았다. 운기 있는 손을 대어 한 그릇에 고여담기가 민망스러우리만치 찬 기운이 돌고 반뜻반뜻하다.

 "좀 놀래긴 했어두 그 녀석 덕에 배는 잘 땄구나!"
하고 우선 제일 큰 것으로 서너 개를 골라서는 비취 같은 운학청자기에 담아 어머님께 갖다 드리려 하였다. 그러나 어머니의 방은 이미 퇴등된 뒤라 그릇째 도로 문갑 위에 얹어두고 남은 것 중에서 새로 하나를 골라들었다. 빛만 푸를 뿐, 차돌같이 차고 무겁기도 차돌 같다. 은장도를 내어 껍질을 돌려깎을 때 그 사각사각 나가는 소리, 입 속에는 먹기도 전에 찬서리가 떨치는 듯하다.

 "계집이 참배 같으란 말은 왜 소학에 없을꼬? 요렇게 속 들어 딴딴하고 목직하고 반듯하고 그리고도 연쌱쌱하고 시원하고 속이 희고 마구 다루는 데 가서는 으스러져 버리고…… 좀 깔끔하고 깨끗하고 시원하담? 그런데 부유칠거는 다 뭐야. 글이라니깐 읽긴 하지만 웬 내치는 게 그리 많아…… 뭐 계집은 사내 비복인가!"

 다시는 '부유칠거'를 읽고 싶지 않았으나 새 서산을 다루는 재미에 소리를 내어 또 한 차례를 읽고서야 자리에 들었다.

 잠 속에서는 그 배 훔치러 왔던 아이가 오매가 되어 뒤숭숭한 꿈을 꾸었다. 그래 아침엔 일어나는 길로 어머니께 나아가 그 이야기부터 하였다.

"원 큰 일날 뻔했구나!"

"뭬 그렇게 큰 일유? 배 좀 잃어버릴 뻔했지 뭐."

"배야 그까짓 다 잃어버리기루 대사냐. 넌 담두 크다. 아이 녀석이라두 사내꼭진데 완력으루 덤벼들면 어쩔려구 어른들을 부르지 않었니?"

"도적놈이 제 발이 저릴 텐데 뭬 무서우? 그리구 덤비면 소리질르지 건 왜 미리 질겁해 집안을 놀라게 해요?"

"그래두 이담엔 그런 일이 있건 아예 담 큰 체하지 마라. 여잔 욕보기 쉬우니라."

"뷀…… 그런데 용쇠 녀석보다 좀 큰데 눈이 훤—허구 이마가 번듯허구 퍽 착허게 생겼겠지."

"자세두 봤구나."

"달이 대낮 같었다우."

"달밤엔 매샷 게 덧뵌단다. 도적질이나 댕기는 녀석이 뭬 잘 생겼겠니."

"아냐 자세 봤대두."

진이는 이렇게 그 글방 아이의 이야기를 어머니께 한 번 하였을 뿐, 그리고 다시 배를 따러 나올 때마다 배나무를 보고 절로 깨쳐지는 일이니 몇 번 더 생각해 보고 혼자 웃어 버렸을 뿐, 그 배나무에서 배가 다 없어진 뒤에는 진이의 머리에서 그 글방 아이의 생각도 다 없어지고 말았다.

그뒤 몇 해의 세월이 흐르고 어느 이른 봄날에 생긴 일이다.

진이는 겨우내 방안에서만 기르던 백매화 한 분을, 꽃은 이미 지기 시작하였으나 볕이 하도 따뜻해졌기에 뒤뜰 안 양지 쪽에 내다놓았다가 저녁때 그것을 들여놓으려 나왔던 길이다. 그런데 웬 실 끊어진 연 하나가 너울너울 가라앉으며 날아오더니 배나무 가지에 걸리고 만다. 진이는 매화분을 안은 채 쳐다보노라니까 골목길에서 여러 사람의 뜀박질 소리가 다우쳐오는 듯하더니 동저고릿바람의 총각녀석 하나가 쑥 담 위에 올려솟는다. 이어서 얼굴보다 더 커뵈는 상투를 튼 새신랑짜리 하나가 또 쑥 올려솟는다. 모두 기왓골에 손을 짚고 숨만 헐떡거릴 뿐, 감히 뛰어넘어 들어오지들은 못하고 있다.

하나는 편발이나 과년한 총각, 하나는 나인 어려뵈나 북방망이 같은 상투의 어른, 진이는 무엇보다 먼저 내외를 해야 할 것을 잊지 않았으나 마침 무거운 매화분을 안고 섰는 때라 날쌔게 몸을 감출 수가 없었고, 또 한편 생각하면 그만 지각은 날 만한 녀석들이 연에만 정신이 팔려 무단히 남의 집 내정 돌입을 하려는 것은 무례의 극이라 아무리 남녀가 유별하다 하나 집주인 되어 이를 막지 않을 수도 없다. 진이는 매화분을 섰던 자리에 놓고 딱 을르며 소리질렀다.

"눈에 연만 뵈고 남의 집 내정인건 뵈지 않어?"

이 한 마디에 새신랑짜리는 뒤로 물러나 담 밑으로 쿵—하고 떨어졌으나 먼저 올려솟은 총각은 한결같이 씨근거리면서 눈이 휘둥그래서 진이만을 내려다본다. 진이는 얼굴이 화끈해졌다. 그것은 자존심이 찔리는 암상이다. 갓게도 못 차린 녀석, 더구나 이십이 불원한 사나이로 떠나가는 연이나 주우러 다니는 녀석, 그따위 녀석에게 얼굴이 유심히 보여진다는 것은 더러운 버러지가 살 위에 기어갈 때처럼, 어두운 밤에 거미줄이나 뒤집어쓸 때처럼 발끈 분통이 터지지 않을 수 없다. 진이는 속으로 '이녀석 어디 보자' 하고 빠르르 안방 굴목 뒤를 돌아나와 어머니께 여쭈었다.

그제야 눈치를 채었던지 그 총각마저 담 위에서 사라지고 말았다.

"벨 시라소니 녀석들 다 봐…… 저 따위들이 밥을 먹어 아마 고려가 망했나봐……"

진이는 그 변변치 않아 뵈는 젊은이들을 이렇게 욕하면서 매화분을 다시 안고 방으로 들어 왔을 뿐, 그 총각이 누구인지 깨닫지 못하였고 또 생각해 보려고도 하지 않았다.

그러나 그 총각은 그렇게 무심한 사람이 아니었다. 제 뜻이 있어 그렇게 눈이 뚱그래졌고 제 속이 있어 그렇게 일각이라도 더 지체하려 하였다.

그는 떠나가는 연만을 쫓아서 여러 아이들과 함께 앞서거니 뒤서거니 행길을 가리지 않고 연이 걸리는 데까지 쫓아온 것이나, 와서 보니 의외에도 그 집, 바로 그 배나무, 그 처녀의 그 뜰안이었다. 숨이 턱에 닿아 쫓아온 연 생각은 어디로 가고 몇 해 전 서당에 다닐 때, 배서리 왔던 그 생각, 그때 한 번 보고 가서는 왜 그런지 무시로 생각나 눈에 삼삼하던, 그 달밤에 배꽃처럼 눈부시게 뵈던 얼굴, 그 얼굴의 주인공이 눈 앞에 나타났을 때, 그의 넋은 꿈인지 생시인지 분별할 수 없게 황홀해졌다.

눈을 씻고 보아도 분명 그 처녀요 눈을 감았다 다시 떠도 정녕 그 처녀이다. 다만 달라진 것은 엄청나게 자란 것뿐, 아니 그냥 엄청나게 자라기만 한 것이 아니라 엄청나게 이쁘게 자란 것뿐, 분명코 몽매간에 잊혀지지 않던 그 사람이다. 자주회장의 연두저고리, 땅에 끌리는 스란치마는 진달래 같은 선홍인데 기름진 머리채가 갑사댕기를 사뿐히 물고 앞으로 떨어짐은 꽃분을 안노라고 허리를 굽혔을 때 어깨를 미끄러져 넘어옴인가 그 머리채를 지긋이 낚으는 듯 한 편으로 약간 갸우뚱하고 매화가지 사이로 솟은 얼굴을 보니, 달이라면 너무 분홍이요 꽃이라면 그 아미 너무 서늘하다. 고인들이 의시옥인래(疑是玉人來)라 한 매화이련만 그의 얼굴 앞에서는 무색하기 갈꽃과 같다.
  '과시 미인이로구나!'
하는 생각이, 아니 불덩이 같은 정욕이 한가슴 울컥 솟아올랐다. 몇 해 전 달밤에 본 그 얼굴을 가지고 자기 혼자 '지금은 이만치 더 고와졌으리라' 상상해 오던 그 얼굴 따위는 비할 것도 되지 못했다. 작약을 그리다가 모란을 대한 듯, 갈매기를 생각하다 학을 만나는 듯, 뛰어나게 곱고 뛰어나게 맑을 뿐 아니라 자기보다 낮은 자리에 섰으되, 그래서 쳐다보는 얼굴이되 어딘지 모르게 완연히 이쪽을 내려다보는 양한 거룩함이 있는 처녀였다.

그것을 느끼자 이 총각은 고개가 절로 수그러졌고, 저쪽이 들었던 꽃분을 놓고 굴목 뒤로 사라지는 것을 보고는 그제야 비로소 제정신에 돌아와 담을 내려서고 만 것이다.

담을 내려선 총각은 옷을 털기 전에 먼저 누가 보지 않았나부터 둘러보았다. 연 때문에 왔던 것은 온전히 잊어버렸다. 남의 집 규중을 엿보기 위해 그래 남의 집 담장을 뛰어넘으려던 것처럼만 생각되었다. 담 밖에는 지나가는 사람도, 같이 뛰어왔던 아이들도 보이지 않았으나 암만해도 담 안에서 무슨 벼락이 날 듯만 하고 대문 쪽에서 누가 몽둥이를 끌고 다우쳐나올 듯만 하다. 뛰는 게 상책이라 하고 두어 골목 꼬부라지도록 단숨에 달려와서야 허리띠를 다시 졸라매고 짚세기를 털어 신었다. 가만히 숨을 죽이고 뛰어온 길을 돌아보니 아무도 쫓아오는 눈치는 없다. 그제야 마음이 놓였다.

자남산(子男山) 쪽을 바라보니 연은 아까보다도 더 여럿이 올라떴다. 어떤 연들은 물매미 돌듯 빙―빙― 원을 그리고 어떤 연들은 미꾸리 헤엄치듯 머리를 갈 지자로 저으며 올려솟기만 한다.

"옳다, 또 한패 올렸구나!"

그렇게 갈 지자로 올려솟기만 하던 연 하나가 두어 번 주춤거리고 실을 먹는 새 쏜살같이 옆으로 달려드는 다른 연 하나에게 실이 깔리고 말았다. 그러자, 몇 번 서로 켱겨볼 사이도 없이 어떻게 되어 위에 얹힌 연이 끊어졌다. 하나는 꺼불꺼불 올려솟는데 하나는 두어 번 곤두박질을 할 듯하더니 마침 살세게 부는 동남풍을 받아 송골매 떠나가듯 한다.

"연 잡아라!"

소리가 먼 데서 가까운 데서 떼를 지어 일어난다. 다른 때 같으면 바라보고 만 섰을 것이 아니로되 벌써 연 같은 것은 이 총각에게 눈꼽만치도 흥미를 끌지 못한다.

떠나가는 연 위로 송악산 머리를 쳐다보았다. 아직 높은 골짜기에는 남은 눈이 희끗희끗하다. 그러나 고을 안에는 기울어진 석양이로되 햇발은 볼이 간지럽게 훗훗하고 울타리와 담 밑에 들은 풀움이 새파랗게 돋았다. 뒤집 장독대에 선 살구나무인지는 벌써 가지마다 자주빛 윤이 흐른다.

"봄!"

총각은 저도 모르게 봄을 한번 불러보았다.

그리고 팔뚝에 달리는 핏줄이 갑자기 대설대처럼 뻗침을 느낀다. 버썩 마른 섭울타리나 돌각담이라도 한아름 부듯이 안아서 힘껏 졸라보고 싶은 충동이 일어난다. 무엇이고 자기 아름에 들어오기만 하면 그것은 자기를 따뜻이 해주고, 그것은 자기를 부드러운 감촉으로 흐뭇하게 해줄 것만 같다. 그는 한식경이나 한자리에 섰다가 한 편에서 웬 교군이 한 채 나타나는 것을 보고는 아까 오던 길을 다시 돌쳐서 걸었다.

얼마 걷지 않아 다시 그 연이 걸린 배나무가 보이고 그 길이 넘는 돌담이 나왔다.
 '저 담 안엔……'
 마치 그 한 길의 담으로 둘린 뜰 안은 월궁(月宮)과 같이 황홀하고 거룩하게 상상되었다. 선녀가 하늘에만 산다는 것은 거짓말인 듯하다. 선녀가 아니고 그렇게 눈이 부실 수 없고, 선녀가 아니고 그렇게 어마어마하게 우러러보여질 리가 없을 것 같다.
 어둡도록 소리없는 담벽만 쳐다보다가 집으로 돌아오니 남의 집에 저녁 설거지까지 보아주고야 밥 한 그릇을 얻어가지고 돌아온 어머니는 솔잎이라도 좀 긁어다가 군불을 넣지 않고 무엇했느냐고 나무란다. 나무람을 듣지 않았더라도 저녁맛이 있을 리가 없다.
 곰곰이 쓴 입맛만 다시고 앉았노라니 완연히 그 배나뭇집 처녀가 매화분을 안고 방 안으로 들어온다. 깜짝 놀라 그 얼굴을 찾으려니 그것은 깨어진 질화로에 된장 뚝배기를 놓아 안고 들어오는 어머니다. 아니, 어느 틈에 들어왔을까 완연히 아랫목 한편 구석에 연두저고리와 분홍치마가 얌전스럽게 여밀 것은 여미고 늘어뜨릴 것은 늘어뜨리고 앉아 있다. 다시금 놀라 얼굴을 쳐다보니 연두저고리는커녕 그것은 다 떨어진 누더기 이불을 뚤뚤 말아 밀어 놓은 것이다. 눈에 뜨이는 것은 모두 그 처녀로 보이되 정작 그 얼굴을 찾아 보려면 순간에 없어지고 만다.
 '어떻게 생긴 얼굴이더라?'
 생각할수록 묘연해진다. 이런 얼굴이거니 하고 그려보면 저런 얼굴로 나타난다. 저 얼굴이 옳다 하고 눈에 익히려면 그것마저 거품처럼 꺼지고 만다. 얼굴을 눈에 푹 익히기만이라도 하고 싶은 욕망이 끓어오른다. 견디다 못해 다시 집을 나선다.

 밤은 아직 초저녁이나 마을 사람들은 이미 다 저 갈 데로 가 앉았을 만한 때라 벌써 어떤 집 들창에서는 이야기책 보는 소리가 흘러나온다.

 하늘에는 별이 총총하다. 골목에는 지나가는 사람이 없다. 서뿐서뿐 호랑이 걸음으로 그 집 담 밑에 이르러서는 전에 한 번 기어나와 본 적이 있는 수챗구멍을 찾아보았다. 수챗구멍은 예전대로 있으나 몸집이 커진 때문에 그리로 기어들어갈 수는 없다. 담 위에 덮인 기왓장을 더듬었다. 하나도 들멍거리는 것은 없다. 마침 지나는 사람도 없다. 담 안은 비인 듯이 고요한데 그 처녀의 방 쪽에만 불빛이 후련하다. 저고리섶을 여미서 허리띠에 찌르고 제정신이 아찔하도록 허리를 솟구었다. 기왓장 하나 디뚝 하는 소리 없이 나는듯 담을 넘었다.

 담 안에 들어서 가지고도 저으기 사면의 기색을 살펴본 뒤에야 후둘후둘하는 발을 떼어놓았다. 서너 걸음이면 갈 수 있는 그 방문 앞이나 열 번을 더 주춤거렸다. 뒷문이라 열어 제끼면 앉아서나 내다보기 알맞은, 나직한 퇴창인데 불빛을 환—히 내어뿜고 있다. 총각은 그 불빛에 자기의 몸이 타기나 할 것처럼 두려웠으나 숨을 들여쉬기만 하면서 쪽마루에 지그시 팔을 짚었다. 겨울 난 창호지나 뚫어진 데라고는 바늘구멍만한 것 하나 찾을 수 없다. 방 안에서는 이내 지껄인다.

"이런! 먹이 번져요."

뜨거운 귀에는 얼음같이 차갑도록 맑은 소리다. 보기 전이라도 방 주인, 그 처녀의 음성이 정확하다.

"먹을 더 갈려무나. 먹 가는 데도 묘리가 있는 거야…… 너무 눌러 갈면 찌꺼기가 생기는 법이고 한 군데서만 갈면 진한 듯해도 퍼지기 쉽고……"

이건 느릿느릿한 사내 어른의 말소리다.

"아저씬 아시는 것두…… 그렇지만 그만 거야 누군들 몰라요." 하고, 그 맑은 목소리의 주인공은 붓을 놓고 먹을 다시 가는 모양이다.

그 아저씨란 이의 음성에 더욱 압박을 느끼면서도 총각의 눈은 방 안을 엿보고 싶은 정열에 불덩이처럼 탄다. 생각다 못해 손가락을 입으로 가져갔다. 그러나 입 안에는 침이 없다. 한참만에 손가락 끝을 겨우 적셔가지고 되도록 문설주에 가린 편으로 창을 적셨다. 젖은 자리는 이내 아련히 투명해지는 듯하였으나 그것만으로 시선이 통해질 리는 없다. 또 방 안에서는 말소리가 울린다.

"너 난초를 먼저 시작할걸 그랬나부다."

"왜요 아저씨?"

"필획을 익히는 덴 사군자 속에서도 난이 제일일걸."

"그럼 유명한 이의 난초 한 폭 구해주세요. 대는 안치민의 게 한 폭 있으니까 우선 보구 그리는 거죠 뭐."

"허긴 명품일 게다. 대야 안치민이면 고만이지. 그러나……"
"그러나 뭐야요?"
"웃음엣말이다만……"
"뭬 웃음엣말이야요?"
"백초를 다 심어도 대는 심지 말랬단 말이 있지."
"왜 그래요?"

그 '왜 그래요' 하는 말소리는, 분명히 갈던 먹을 멈추고 총기 재글재글 끓는 눈으로 갸웃이 이쪽을 쏘아보는 듯만 싶다.

총각은 더 망설이지 않았다. 공진 헌디를 따듯 조심하여, 그러나 결기 있게 창에 적셔놓은 자리를 손가락 끝으로 미어놓는다. 미어놓고는 뛰기나 할 것처럼 뒤로 물러났으나 그래도 방 안에서 모르는 눈치를 보고야 그 화경 같은 눈을 갖다댄다.

처녀는 생각던 것처럼 정면으로 보이게 앉아 있었다. 그러나 먹을 가노라고 얼굴을 숙이어 이마만이 또렷할 뿐인데 콧부리가 이상하게도 쑥 도드라진 것이 눈에 걸린다.

총각은 '저런 코도 있는가? 코병신이 아닌가?' 하고 얼른 손을 들어 제 얼굴을 눌러보니 자기의 코도 이마보다는 도드라졌다. 다만 그렇게 수그리고 있는 얼굴을 유심히 보기가 처음인 때문이었다.

처녀의 앞에는 대장지 한 장이 깔려 있고 바른편에는 벼루, 왼편에는 이야기하는 것을 들어 안치민(安置民)의 것인 듯한 묵죽(墨竹) 한 폭이 펼쳐져 있다. 아저씨라는 중노인은 이웃인 듯, 관을 쓰고 창의를 입은 채 아랫목에 도사리고 앉아 반백이나 된 구레

나룻을 쓰다듬는다.

"아저씨? 왜 백초를 다 심어도 대는 심지 말랬어요?"

흔청흔청하는 황모무심필에 흥건히 먹을 묻히면서 그제야 처녀는 숙였던 얼굴을 드는 것이다.

처녀는 얼굴을 들었을 뿐만 아니라 얼굴의 온통을 비로소 펴는 듯도 하다. 한 번은 배를 훔치러 왔다가, 한 번은 연을 잡으러 왔다가 두 번 다 약간 암상으로 흐려진 얼굴만 보았던 총각이라 그렇게 속눈썹 하나 찌푸린 데 없이 오므렸던 연꽃이 펴듯 천연스런 화기로 활짝 피는 얼굴을 보기는, 훔쳐서 보는 것이로되, 이것이 처음이다. 적지않은 악의를 띠고 매몰찬 눈으로 흘겨보던 그 얼굴에서도 정신을 빼앗겼거든, 하물며 한 오리의 구김살 없이 아침꽃처럼 피고 보름달처럼 개이기만 한 그 얼굴에서랴. 총각은 새 눈알만한 창구멍에 겨우 한쪽 눈을 대고 들여다보는 것이로되 그의 눈만이 보는 것이 아니다. 있는 신경, 있는 피가 모두 그 눈에 몰리고 살과 뼈까지도 다 그리 쏠려 전신, 전심이 한 알의 구슬처럼 뭉쳐가지고 들여다보는 것이다.

처녀는 먹 묻힌 붓을 다시 놓더니 그 팔의 소매를 걷는다. 검은 벼루를 보며 보아 그럴까 백설같이 눈부신 살이 나온다.

"왜 그래요 아저씨? 절죽이란 말이 있듯이 솔보다도 매화보다도 더 귀한 게 대가 아니야요?"

"아무렴……"

"또 대를 벼 좀 여러 가질 만들어요. 젓대, 살대, 붓대, 산대, 뭐…… 참빗, 바알, 부채, 한이 없네요."

"그러게 젓대, 살대, 붓대, 산대가 다 탓이란다."

"무슨 탓이야요?"

"이를 게 들어보련?"

"네."

"젓대는 우는 거고, 살대는 가고 오지 않는 거고, 붓대는 밤낮 그리는 거고, 산댄 이만 알고 정 모르는 거니 탓 없겠나 봐라. 울고, 가고, 그리워만 하고, 재리만 아는 게 뭬 좋으냐?"

"아이 웃어, 아저씨두……"

하고 처녀는 코가 상긋해지면서 박속 같은 이를 방긋이 드러낸다.

"다 실없는 소리로다. 어서 그려라, 보자."

"아저씨 젊으셨을 때 내가 좀 봤으면…… 난봉 부리실 때……"

"안 보길 잘했지. 본받을 짓 하나두 없었니라 허허."

하고 실눈을 감는 그 아저씨란 이는 젊었을 때는 꽤 풍신도 좋았고 언변도 능갈쳐서 호탕하게 놀았음직한 인물이다.

처녀는 웃음을 걷고 입을 꼭 다물더니 옆에 펴놓은 안치민의 대를 잠깐 착념해 본다. 그리고 붓을 다시 한 번 벼루에다 다실려 가지고는 왼편으로부터 잎을 치기 시작한다.

"허! 운필이 제법이로구나. 언제 그렇게 익혔니?"

"……"

처녀는 입으로까지 그리는듯 붓이 종이에 떨어질 때마다 꼭 다문 입술에 힘을 들인다.

"그런 데는 훨씬 잎이 배야 할 걸……"

"참, 좀 성겼지요? 밀쳐밀 소처소 해야 한다는데……"

처녀는 놀라는 듯이 뒤로 물러나 되도록 자기의 그림을 먼 눈으로 보려 봉긋한 가슴을 펴고 목을 뒤로 솟구었다.

그 목에는 어린 아이같이 금이 잡혔고 턱에는 불상(佛像)처럼 군턱이 동그스럼히 받쳤다.

총각은 침이 걸어 뻑뻑한 입 안을 몇 번이나 다신다.

'언제 저 아저씨란 자가 가나!'

하고 얼굴을 돌려 하늘을 쳐다보니 북두칠성은 아직도 얼마 자리를 옮기지 않았다.

붓을 두어 번 갈아 들었고 뒤로 물러나 보기를 두어 번 더 하더니 종이 위에는 바람만 지나면 우수수 흔들릴 듯한 한 떨기의 대숲이 어우러졌다.

"애! 거 제법 신운이 동하는구나."

아저씨란 이는 촛불에서 불똥을 따더니 바투 들여다보며 칭찬을 한다.

"어디 됐어요? 글씨 공부보다 어려운 것 같아요."

하는 처녀의 얼굴은 약간의 만족과 부끄러움으로 상기되었다.

"화제까지 써야지."

"뭐라고 쓸까요? 아저씨? 잘못된 덴 좀 일러주세요. 이런 잎은 그만 갈잎처럼 무거워 보이죠?"

"그래…… 아직 좀 먹의 조화가 적다. 먹 한 가지로도 오색을 내야 한다는거야."

"먹 한 가지로 어떻게 오색을 내요?"

"아마 농담으로 일어나는 변화 말이겠지…… 아무턴 제법 청기가 돈다. 어서 화제를 쓰렴."

"화제……"

하고 처녀는 뒷문 쪽을 바라보며 눈을 깜박거리더니 놓았던 붓을 다시 들었다.

밖에서 총각은 자기 쪽을 바라보는 바람에 움츨하고 뒤로 물러났으나 처녀가 붓을 드는 것을 보고는 또 바로 와 눈을 대인다. 처녀는 나직이 기침 한번을 기치고는 팔굽을 떼인 채 화제(畵題)를 쓰되, 여필답지 않게 흥청거림이 황산곡(黃山谷)의 체인 듯하다. 한번 묻힌 먹으로, '서창청공(書窓淸供)'이란 넉 자를 쓰고 방긋이 아저씨를 쳐다보더니 다시 먹을 묻혀 '명월 황진이(明月黃眞伊)'라 쓰고는 붓을 놓는다.

"낙관이면 화제엔 인수를 놓고 이름 밑엔 도서를 찍어야지?"

"그럼 정말 낙관이 되게요?"

"그럼 낙관에도 진짜 가짜 낙관이 있나!"

"인제 한장 잘 그려가지고 아버님 오시는 날 뵈드려야지…… 그럼 인수서껀 새기게 해주실지 아나……"

하고 처녀는 걷었던 소매를 내리며 살며시 일어선다. 일어서서도 자기의 그림과 안치민의 그림을 번갈아 내려다본다.

명월.

황진이.

총각은 그제야 처녀의 성명은 황진이요, 명월이란 호까지 가진 것을 알았다. 그리고 진이의 그 눈이 부신 외화뿐만 아니라 그 그림그림, 그 글씨씀, 그리고 그 고아한 취미에 더욱 감격되어, 그를 한아름에 넣어 으스러뜨리고 싶은 정욕도 정욕이려니와 또 그를 금불(金佛)과 같이 고이 받들어, 일생을 두고 자기의 태양과 같이 그의 광채와 그의 그늘에서 살며, 그를 섬기고 싶은 일종의 신앙심까지 끓어오른다.

이윽고 그 아저씨란 이가 자리를 일었다.

진이도 배웅으로 따라나갔다. 그 틈을 타서 총각은 들여다보던 창문의 고리를 잡고 지긋이 힘을 써본다. 문이 걸리어도 진뜩 다 가걸린 듯 움직도 하지 않는다. 그러자 나갔던 진이가 들어오는 눈치에 얼른 도로 창구멍에 눈을 가져갔다. 미닫이를 닫고 휘우뚱 돌아서는 진이의 치맛자락, 그 보드라운 비단자락은 구석에 기대 세운 거문고를 스치듯, 대현 한 줄이 스르렁— 울린다.

그 스르렁— 소리에 진이는 잊었던 흥을 깨닫는 듯 싱긋이 웃음을 지으며 되돌아서더니 이번에는 불수(佛手) 같은 그의 손길이 거문고를 슬쩍 스치었다.

둥

둥

덩……

먼 산 절에서 울려오는 야반종성(夜半鐘聲)이 이런 것이라 할까. 그 탄력 있되 부드럽고 부드럽되 향기처럼 맑게 풍기는 소리는, 깊은 산골짜기를 흘러나오듯 그윽하여 한참이나 여음이 방안을 서리며 돌아간다.

그것을 갸웃하고 서서 듣던 진이는 '쓸데없이 남의 흥을 퉁겨 놓은 것이 네라'는 듯이 치마부터 훨훨 벗어 아랫목 횃대에 걸어 버린다. 다음에는 저고리도 벗는다.

그러나 아래에는 명주 단속곳, 위에는 삼승 속적삼, 아직 총각의 넋을 함부로 황홀케는 하지 않는다.

진이는 촛대부터 구석으로 옮겨놓더니, 그림들과 벼루를 치우고 좁지 않은 각장 장판을 구석구석 훔친 뒤에 이부자리를 내려놓기 시작한다.

자리를 옮겨서 더 크게 붙는 듯한 촛불, 요를 내려놓을 때도 펄럭펄럭, 요를 깔 때도 펄럭펄럭, 이불을 펼 때는 꺼지고 말듯이 푸르럭거린다. 그러나 그 불만 꺼지고 마는 때는 그만 걸렸던 문고리도 벗겨지기나 할 것 같은 어리석하면서도 궁심한 유혹을, 총각은 그 촛불에서 더욱 느낀다.

진이는 이부자리를 펴고는 속옷마저 끄르기를 잊고 가만히 다시 고요해지는 촛불을 바라보고 앉았다.

무얼 생각하는 것일까? 쌍꺼풀이 풀리도록 가늘게 내려뜬 그 눈매와 입술은 다물었으나 속에서 혀를 굴려보는 듯한 그 입모습이 무엇인지 멀—리 있는 것을 보고 싶어하는 것 같고, 무엇인지 남몰래 그리운 사정을 혼자 속삭이는 것도 같다.

'저 처녀가 지금 날 생각하고 있는 것이나 아닐까?'
하고 들여다보면 분명코 자기가 그리워서 그리고 앉았는 것 같기도 하다. 똑 똑 문설주를 두드리기만 하면 곧 문고리를 벗기고 맞아들일 것만 같기도 하다. 이렇게 생각해 보면 무한한 행복이 종이 한 겹을 격해서 있는데 못 붙잡나 하고 더욱 정열은 졸아붙듯 조급해만 간다.

그러나 한걸음 물러설 수도 없이 사랑에도 으레 따르는 자격지심에서 생각해 본다면, 저렇듯 월궁선녀와 같은 재색이 절등한 규수로서 한 번은 배 훔치러 왔다 자기에게 몰리었고, 한 번은 연 잡으러 왔다가 역시 자기에게 치신을 깎인 그런 하잘것없는 떠꺼머리 총각에게 눈꼽만치나 애정은커녕 염두에 두기조차 할 리 없다. 총각은 전신의 피가 불끈 머리로 치달리는 듯 눈망울이 욱신거린다. 그를 금불같이 떠받들기만 하는 것으로도 행복일 것 같던 그 마음은 다 어디로 스러지고 불만 끄면 곧 문을 부수고라도 뛰어들어가 소리지를 사이도 없게 그의 입부터 덤벅 물어 버리고 싶은 야수에 가까운 식욕 같은 정욕이 치민다. 총각은 턱을 부르르 떨면서 이를 악물어 보았다. 그러는데 방안에서는 훅— 부는 소리까지 들리며 촛불이 껌벅 꺼진다.

불이 탁 꺼지니 들여다보던 눈만이 캄캄해지는 것이 아니라 마음도 앞이 콱 막히는 것 같다. 불이 밝을 때는 몸을 감출 수가 없어 못 들어가는 것처럼 불만 꺼지기를 기다렸으나, 정작 불이 꺼지고 나니 창문을 열고 들어가기는커녕 총각은 우선 그 창 앞에서 물러나지 않으면 안 되었다. 들여다본다고 방 안이 보일 리도 없거니와 그것보다도 방 안이 어두워졌으니 아무리 달 없는 밤이라도 바깥이 차츰 밝아질 것이요, 바깥이 밝아지면 창 위에 자기의 그림자가 나타날 것을 깨달은 때문이다.

창문에서 물러선 총각은 황당하였다. 다시 문 앞으로 갈 수도 없고 간다고 진이가 보일 리도 없고, 또 보이기는 한다 치더라도 금침 속에 포근히 묻힌 그를 보기만 하는 것으로 무엇할 것인가.

급한 마음은 돌문이라도 깨뜨릴 듯싶으나, 후둘후둘 떨리기만 하는 다리는 장승과 같이 한자리에서 움직이지 못한다.

서 있을수록 전신이 떨린다. 속이 떨림은 뜨거운 정욕의 파도 때문이요, 겉이 떨림은 차가운 밤바람 때문이다. 봄바람이긴 하나 이른봄이요 늦은 밤이라 찬물과 같고 소름이 오싹오싹 끼친다.

'어찌할까?'

어느 골목에선지 개 짖는 소리가 울려온다. 총각은 그제야 얼른 축대에 걸터앉아 본다. 그리고 이름은 모르나 제일 큰 별 하나를 골라 쳐다본다. 별은 파랗게도 보이고 빨갛게도 보인다. 빙글빙글 돌기도 하는 듯하더니 깜박이는 진이의 눈으로도 보인다. 아니 그 눈으로 보이던 별은 완연히 진이의 얼굴이 되어 그 높은 하늘에서 뚝 떨어져 자기에게로 쭈루루 내려오는 것이다.

총각은 소스라치며 팔을 들고 보니 그것은 진의 얼굴이 아니라 멀—리 만월대 편으로 떨어지는 별똥이다.

총각은 너무나 안타까워 소리쳐 울고라도 싶어진다. 그러나 다시금 마음을 진정해가지고 가만히 퇴 위에 올라와 이번엔 귀를 문틈 가까이 대어본다. 먼저 들리는 것은 두근거리는 자기의 가슴 뛰는 소리뿐, 얼마만에야 방안에서는 가벼운 기침소리가 한 번 울린다.

진이의 기침소리!

혼자 적막을 하소연하는 듯한, 지어 하는 기침소리! 베개의 한편 머리를 내어놓고 누구를 기다리는 듯도 한 나직한 기침소리다. 총각은 섬적 손을 들었다. 그러나 어두운 허공에서 우들우들 떨었을 뿐, 으레 걸린 대로 있을 문고리는 잡아보지도 못한 채 내린다.

다시는 기침소리도 나지 않는다. 이불섶 하나 스치는 소리 나지 않는다. 어찌어찌 귀를 밝히면 깃소리처럼 보드라운 숨소리가 나오는 듯하다가도 참았던 자기의 숨을 후—하고 내어쉬면 그 소리는 끊어지고 말았다. 이렇게 소리가 안 들리어 갑갑하면 코를 갖다 대어본다. 어찌어찌 맡아보면 따스하고 향깃한 진이의 살내가 느껴지는 듯하다가도, 이것도 정신을 가다듬고 맛보려 하면 방 안에서 나오는 향기이기보다는 문설주에서 나는 송진냄새이곤 하였다.

그렇게, 총각은 진이의 방문 틈에 귀를 대어보다, 코를 대어보다

할 뿐으로 더 무슨 도리는 없이 첫닭이 우는 소리를 듣고는, 새벽 이슬에 후줄근히 젖어서 담을 넘어 나오고 말았다.

"너 어디 갔더냐?"

집에 들어서자 캄캄한 방 안에선 잠들었던 어머니의 쉰 목소리가 나왔다.

"저―기요."

"저―기가 어디냐? 어디 가서 닭 울두룩 있어?"

"……"

아들은 더 대답하지 않고 들어와 제자리에 쓰러지고 말았고, 어머니도 더 묻지 않고 거의 버릇처럼 나오는 한숨을 한번 후―쉬 더니 도로 잠들고 말았다.

그러나 아들은 잠이 오지도 않았고 또 잠을 청하지도 않았다.

옆에 어머니의 쿨―쿨― 코고는 소리가 있되 그것은 바람소리나 물소리처럼 마치 무인지경에 와 누운 것같이 못 견디게 고적하다. 세상에는 어머니도 동무들도 모든 아는 사람들이 갑자기 없어지고 오직 사람이란 자기와 진이만이 남은 것도 같다.

진이와 자기만이 남았으되 여러 천리 만리 밖에 서로 나뉘어 그리되 그 사이에는 넘을 수 없는 산과 건널 수 없는 물이 가로 막힌 듯 아득할 뿐이었다.

"너 어디 아프냐?"

아침에 눈이 퀭 들어간 아들을 보고 어머니는 놀라며 묻는다.

"아―니요."

하였을 뿐 더 물으면 성을 낸다.

"왜 아무것도 안 먹니 그럼?"

"글쎄 걱정말아요."

하고 아들은 돌아누울 뿐, 조반이라고 숭늉 한 모금 마시지 않았다. 입 안이 쓰기 때문에 냉수를 달래서 양치질을 두어 번 해 보았을 뿐이다.

그러나 아무리 궁극된 생각이라도 어두운 밤 생각보다는 밝은 낮 생각이 좀 이치에 가까운 듯하였다.

'내가 이럴 것이 아니라……'

하고 한낮이 되어서부터는 골이 한 편으로만 몰린 듯한 머리를 억지로 가누면서 일어나 앉곤 하였다.

'일왈 학문이로다.'

하였다.

'그런 요조로 더불어 짝을 구할진댄 내 몸에 먼저 영달이 있구야 하리라.'

생각되었다.

'그러나 이제부터라도 무얼로 수학을 할 것이냐? 무얼로 지필을 구하며 어디서 갱미를 마련하느냐? 아니 그것은 구할 길이 없으면 형설지독이라도 하려니와 겨우 통감권이나 읽다 버린 지 이미 칠팔 년, 어느 세월에 학풍을 닦아 문명을 세울 것이며, 또 설사 그것은 신명이 도와 이루는 날이 온다 치자, 그러나 어찌 창창한 그 날까지 황랑이 나를 기다려 짝 없이 지낼 것인가?'

총각은 아뜩! 하는 현기를 느끼며 도로 쓰러지고 말았다.

쓰러져서는,

'어찌타 내 집 문지는 이렇듯 한미하냐!'

하고 다리를 들어 화나는 대로 내어던졌다. 군데군데 외얽은 것이 드러난 바람벽은 쿵—하고 울리자 흙덩이만이 우수수 떨어진다.

'에라 내가 못난놈이다! 화중지병에 침 흘리는 놈이……'

총각은 어머니의 애써 권함을 물리치다 못해 찬밥을 끓인 것이나마 그것을 몇 술 뜨고는 한결 정신이 밝아지는 듯했다.

'못 올라갈 나무는 쳐다보지부터 말랬다구……'

하고 자기 자신을 비웃어도 보았다. 그리고,

'눈 딱 감고 잊으리라.'

결심결심하여 보았다. 그러나, 그러나 이 결심을 하는 그 순간에도 눈앞에 어른거리는 진이의 그림자는 지워 버릴 재주가 없다.

잊어버리자 하는 것이 자기라면, 죽어도 잊을 순 없노라 하는 것도 자기다. 그는 자기가 하나가 아님을 느낄 때 다시 머리는 어수선해진다.

'내가 아마 속이 허했나보다.'

고도 생각해 본다.

'그래서 내가 헷것을 보고 이렇게 미쳤나보다.'

하고 몇 번 눈앞에 떠도는 진이의 환상을 손으로 물리치며 눈을 감아보았으나 진이의 환상은 눈앞에만 나타나는 것이 아니라 눈

속에도 들어오는 듯, 눈을 감는 것으로 사라지지는 않는다.

'요귀로다! 진이라는 네가 요귀인 게 분명해. 요귀 아니구야 머리 끝서부터 발 끝까지 일거수 일투족 보이는 것마다 움직임마다 그렇게 사람의 맘을 통째 삼켜 버릴 수가 있어? 아마 너는 고려 때 뉘 집 처녀가 죽은 손각신가보다……'

그러나 진이를 귀신이거니 생각하는 것도 자기의 전부는 아닌 듯,

'듣기 싫다. 누가 오다가다 첨 봤게 말이냐. 벌써 어릴 때 눈총기로 보아둔 지 오랜 그 처녀가 내 집에서 나 자라듯 제 집에서 저 자라서 그렇게 된걸 손각시는 무슨 손각시?'
하는 것도 자기 자신이다.

그러나 결국,

'손각시가 아니요, 인간이라면 그래 네가 어쩔 터이냐?'
하는 데는 심회 오직 생맥할 뿐이다.

"에라 실속없이 몸만 축낼 게 아니라 땅이라도 파고 나무라도 패서 늙으신 어머님께부터나 과히 불칙한 자식이 되지 말자."
하고 총각은 등골에 식은땀을 씻고 일어났다. 일어나서는 억지로라도 기운을 차리려 오래간만에 활터로 나가보았다.

날은 아침부터 흐리었으나 아직 비는 내리지 않는다.

활터에는 맨 아는 아이들이 활을 쏘았다. 활에 흥미는 없었으나 울적한 심사를 고쳐보려 나온 길이라 활을 얻어 남과 같이 사대 위에 나서보았다.

탁—
옆에 선 동무의 살이 나갔다.
"어서 쏴라."
다음 아이가 재촉한다.
총각은 얼른 과녁이 보이지 않는다.
"뭘하구 있니?"
소리가 또 그 다음 아이에게서 났다. 그러자 정신이 홱 돌아왔다. 과녁이 땅 속에서 올라솟듯 힘껏 잡아당긴 살촉 아래로 우뚝 떠올랐다. 그제야 마음을 턱 놓고 살을 놓아 버렸으나 그 살이 날아가 떨어지는 곳은 그 과녁이 아니라 어디선지 그 진달래 같은 선홍치마를 파르르 날리면서 뛰어드는 진이의 앙가슴이다.
"앗!"
총각은 쓰러지고 말았다.

동무들에게 업혀온 총각은 날이 어두워서야 온전히 제정신으로 돌아왔다. 그리고 자기가 쏜 화살에 진이가 뛰어든 것은 동무들이나 어머니에게 묻지 않고도 자기의 착각이었던 것을 깨달을 수 있었다.
'왜 내가 갑자기 이렇게 허해졌을까?'
생각할 때, 자기도 겁이 났다. 그래서 어머니가 권하는 대로 모래 같은 것이나마 밥 끓인 것을 마시고 마시고 하였다.
밖에는 비가 부실부실 내리었다.

봄비, 밤에 오는 봄비다. 비도 진이와 같이 요귀가 아닌가 하리만치 홀려내는 데가 있다. 바스락바스락, 꼭 누가 문 밖에 섰는 것만 같다. 문을 열어보면 비인 마당이 어두운 비에 젖을 뿐, 비단치마를 홉싸고 추녀 밑에 섰을 듯만 싶은 진이는 그림자도 보이지 않는다.

"어머니?"

"그래?"

"비가 많이 오?"

"꽤 온다 왜?"

"……"

"너 암만해두 심상치 않다. 어디가 아프며 언제부터 그런지 어째 말을 안 하느냐? 도무지 속이 답답해 견디겠니 어디?"

하고 어미는 아들에게 들어앉았다 나앉았다 하며 울상을 한다.

"비가 그다지 쏟아지진 않지요?"

"왜 그러니 글쎄? 어디 갈 데가 있니?"

"아—니."

"그럼 왜?"

"비 맞구두 꽤 나갈 만하거던 누구든지 말동무 할 아이 좀 불러다 주."

"그래라 뭐 봄비 오며말며 하는 거 좀 맞기루 어떠냐."

하고 어미는 이내 일어서 밖으로 나갔다.

방안은 구석마다 너무나 소리가 없다. 귀에서 모기 소리처럼 앵—할 뿐. 무덤 속이 이럴까 하리만치 적막하다.

'오! 살면 뭘하나, 이런 무덤 속에서……'

밖에서 빗소리는 여전히 소근거린다. 나오라고만 부르는 것 같다.

'에라! 죽고 사는 건 시왕전에 달렸다구 애낄 목숨이 따로 있지……'

무슨 기운엔지 그는 나는 범처럼 일어난다. 동무를 불러오라 한 것도 잊어버린 듯 짚신 바닥이 이내 척척해 올라왔으나 그것도 느끼지 못하고 허방지방 또 진이네 집으로 달려갔다. 누가 왜 남의 집 담장을 넘느냐고 나서면 도리어 그 사람의 볼을 쥐어박을 듯이 조금도 거리낌없이 익숙하게 그 담을 뛰어넘는다.

비는 이 그리움의 동부(洞府)속 같은 데도 내리었다. 진이 방 창에는 어제 처럼 불빛이 후련하다. 잠깐 그 창을 바라보노라니 들리는 듯 마는 듯한 보슬비 소리 속에 홀연히

동—

당둥—

쓸—

기둥—

하는 거문고 줄 고르는 소리가 울려나온다.

총각은 젖은 옷깃을 다시 여미고 제법 저벅저벅 소리를 내어 그 창문 앞으로 갔다. 그리고 선뜻,

"에헴……"

하고 기침소리를 내었다.

당— 당당—

징— 징—

동징 징—

쓸— 쓸— 쓸기둥……

다른 때처럼 얼른 줄들이 맞지 않는다. 진이는 눈썹이 쨍긋해지며 술대 잡은 손으로 용구(籠口)께를 툭 밀친다. 거문고는 비단 무릎에서 미끄러져 탕—하고 장판에 떨어진다.

그러나 진이의 눈썹은 오래 찡그린 채 있지 않았다. 무엇을 생각하는 것인지 어디를 바라보는 것인지 먼 눈을 들어 가벼이 웃어보고는 저고리 옷고름을 끌렀다. 속고름까지 끄르더니 아까보다는 훨씬 늦추어 매어본다. 그리고 봉긋한 젖가슴을 제 손으로 꼭 눌러 안아보더니 가슴 속의 울렁거림이 옷고름을 죄어맨 탓이 아니었음을 깨닫는 듯 다시 단정하게 저고리섶을 여민다. 그리고 거문고도 다시 무릎 위에 올려 놓았다. 바깥에는 들리는 듯 마는 듯한 빗소리뿐, 이런 때에 그 총각이 다시 한 번만 기침소리를 내었어도 진이는 못 알아들었을 리가 없다. 그러나 창 밖은 소근거리는 빗소리 뿐이다.

진이는 다시 줄고르기를 시작한다. 바른 팔은 굽히고 왼팔은 날씬히 뻗어, 안족(雁足)을 옮겨놓고 문현(文絃)을 한 번 쓸—기둥 울려보며 마유(馬乳)를 어루만지고 재현(才絃), 대현(大絃)을 번갈아 징둥거리기를 몇 번 하더니 초연히 앉음앉이부터 고친다.

"무슨 곡을 탈까?"

잠깐 생각하는 듯, 그리고 단정히 든 얼굴을 숙여질까 조심하더니 이윽고 술대가 현침(絃枕)에 떨어진다. 백어 같은 왼편 손 다섯 가락, 줄에서 줄을 타고 가락을 맞추는데 어떤 때는 옷소매가 떨리도록 힘주어 눌렀다가도 어떤 때는 사뿐 스치기만 하고 가는 것이 나비 걸음처럼 가벼웁다. 같은 줄에서 울리는 쓸기둥 소리요 같은 줄에서 울리는 동징당 소리되 어찌 줄고름 소리와 한소리리오. 재현에서 동당거릴 때는 옥반 위에 진주가 쏟아져 구르듯이 맑은 소리. 문무현이 서로 받아 몰아칠 때는 급한 비 달려가듯 처연한 기세. 들어주는 이 있는 줄 모르건만 진이는 정성껏 타내려 간다.

그러나 그 곡조가 끝나기 전에 안쪽 미닫이가 열리더니 어머니가 스란치마를 끌며 들어선다.

"애?"

부르는 소리에야 놀래어 진이는 술대를 멈춘다.

"넌 급한 것부터 하지 않구 거문고가 제일이냐?"

"어머니두! 내 어련히 해놓지 않을까요?"

"어서 그거나 수를 놔라. 한 짝이나 마쳤니?"

"한 짝 마친제가 언제게요."

하면서 진이는 거문고를 살며시 내려놓더니 자개함농 밑에서 반짇그릇을 끌어 내인다. 반짇그릇 속에서는 복 복(福)자의 한 짝은 다 놓았고, 목숨 수(壽)자의 한 짝을 마저 놓기 시작한 베개 마구리가 나왔다.

"어디 네 솜씨 좀 보자. 침공은 여자의 사덕 가운데 하나야."

하고 어머니는 베개 마구리 하나를 받아들더니 촛불 가까이로 나앉는다.

버들가지같이 부드러운 옥색 비단 바탕에 나래 편 오색 편복(□묏)을 접시 둘레만치 둘러놓았고 가운데는 조심스럽게 획을 눌러쓴, 복 복자를 참먹보다 더 진하게 새까만 실로 수놓았다. 기름 발라 땋아늘인 머리채처럼 한 오리의 실도 옥치거나 컹긴 데 없이 매끈하고 반반하다.

"제법이로구나!"

하고 어머니의 시선은 불빛보다 더 따스하게 딸의 머리를 쓰다듬는다.

"어서 이걸 마치고 네것도 놔야지…… 미리 해둘 건 다 해둬라."

"제 해는 무슨 바탕으로 해요?"

"진홍으루 해야지. 벽오동을 놓고 봉황 자웅을 놓든지 녹수에 뜬 원앙 한 쌍을 놓든지 하고 새끼를 일곱 마리씩 놓느라."

"일곱 마리씩이나요?"

"그럼 자식처럼 중한 게 있니? 자손창성하라는 축원이지."

"뻴…… 뭐 베개 마구리에 수놓는 대로 되면 무자녀 한이 없게?"

"그러게나 말이다."

"어머니부터두……"

하였다가 진이는 얼른 자기의 말이 실없이 어머니의 가슴을 찔렀을 것을 두려워하는듯, 이내

"비가 꽤 오나봐요."

하고 다른 말을 이어본다. 그러나 어머니는 가늘게 한숨을 쉬이고 무슨 말을 할듯할듯 하다 마는 눈치는 딸의 혼사를 즐거워하는 한편, 그 무남독녀를 내어놓고 외로워질 자기의 신세를 궁량해 봄이 역력하다.

"어머니?"

"왜?"

"난…… 저어……"

진이는 무슨 말인지 잘 나오지 않는다.

"뭐 말이냐?"

"……"

"내일 아침엔 인제 그 혹부리 중매가 춤을 덩실덩실 추면서 들어설 테니 봐라……"

"누가 알우……"

"흥, 신랑의 삼촌댁이 입에 침이 말라 네 칭찬을 하구 갔는데 안 되겠니…… 궁합도 좀 좋으냐. 하난 흙이면 하난 나무 격이니……"

"……"

진이는 차츰 상기되는 얼굴을 푹 숙이고 만다.

"저희는 한양 명문에서 골라오길 소원이래드라만 너만한 인물

이 한양이라구 섬으로 쏟아졌겠니……"

하고 어머니는 약간 자긍하는 눈을 들어 딸의 이모저모를, 이날 아침에 선보러 왔던 윤판서댁 작은 며느리처럼 한참이나 살펴보더니 슬며시 일어나 자기 방으로 건너가고 만다.

진이는 소굿하고 색실 낀 바늘만 놀리다가 한참만에 한 번씩 손을 멈추면서 이마를 들고 물끄러미 무엇을 생각해 보았고 그러다가는 살그머니 입가에 웃음을 머금곤 한다.

신랑의 삼촌댁이니, 혹부리 중매니, 궁합이니 하는 말들이 총각의 귀에는 비수가 되어 에이는 데가 있었다. 더구나 처음 거문고를 탈 때부터 완연히 침착을 잃은 진이의 모양, 기쁜 공상에 사로잡혀서 바람벽이 막히었으련만 먼 눈을 던지었다가는 으레 넘치는 웃음을 머금어보는 그 광채나는 눈, 입, 그리고 그의 어머니가 급한 것부터 하라 하니 그렇게 흥겨워 타던 거문고도 밀어던지고 밤을 새일 듯이 사재게 들이덤벼 바늘을 잡는 것은, 이제 가약이 맺어지는 이와 더불어 백년의 즐거운 꿈을 같이 시작할 신혼 베개마구리, 생각하면 그의 무릎 위에 흐트려 놓은 오색의 비단실보다도 얼마나 얼마나 영롱하고 얼마나 찬란할 꿈의 베개이랴. 바늘 끝을 박을 때마다, 실을 뽑아 감칠 때마다, 얼마나 정성인들 들이는 것이랴. 바늘에 꿰어진 것은 실만이 아니라 진이의 넋이 온통으로 꿰어져 그 베개마구리를 수놓는 것이다.

'오오, 얼마나 아름다운 베개냐! 무지개보다 찬란할 저 베개 위에 머리를 얹을 자는 누구냐?'

총각은 이것을 생각만 하여도 벼락을 맞는 듯 정신이 새카매진다. 얼른 들어도 윤판서니 무슨 판서니 하는 명문, 자기의 지체를 거기다 견주어본다면 그야말로 달과 남생이의 거리다.

그러나 단념할 수는 없다. 그 빤작빤작하는 바늘을 꼭 눌렀다 쏙 뽑았다 하는 손, 마디마디 옴푹옴푹 들어간 손, 그 손만 하나라도 가져보았으면 싶어진다. 손 하나를 가질 수가 없으면 손가락 하나라도, 새끼 손가락 하나만이라도 자기가 먼저 가지고, 그리고 나서 남에게 온통을 빼앗겨도 덜 원통할 것 같다.

그러나 나무라고 한 가지만을 찢어낼 수도 없는 일, 총각은 이날 밤에도 진이가 불을 끌 때까지 문구멍으로 들여다만 보다가 진이가 툇마루 위에 벗어 놓은 꽃당혜 한 짝을 가슴에 품고 쓸쓸히 비에 젖으며 돌아왔을 뿐이다.

이튿날 아침, 진이는 다른날보다 훨씬 이르게 잠을 깨었다. 창에는 먼동이 훤—하게 비치었으나 집 안은 밤중인 채 고요하다.

'혼인?'

하고 생각해 본다. 여러 해 전에 한번 어머니를 따라 어느 유수(留守)의 집을 구경갔던 생각이 난다. 그 집 안마당에서 바깥사랑으로 나가는 중문, 그 때 걸려 있었다. 그 걸린 중문 안에서 '이 문이 열리면 얼마나 훌륭한 사랑 마당이 나타날까' 하고 기대되던 그 마음, 이윽고 그 문이 열리어 들어서보니, 과연 이름 가진 화초는 그 한마당에 다 모이어 마치 요지경 속에 든 듯 황홀했었다.

'혼인이란 그런 것이 아닐까? 아니 마땅히 그렇게 황홀한 것이

아니어서는 안된다.'

하고 진이는 자기의 몸을 자기의 손으로 군데군데 쓸어본다. 자기의 육체도, 그 아직 흘러갈 데를 몰라 울렁거리기만 하는 애정과 함께 자기 자신을 위해 생겼거나 발육되거나 하는 것이 아니라 누구를, 오직 한 사람인 누구를 위해 바쳐야 할 것으로 생각되는 것이다.

'누구?'

진이는 아직 상면은 없으나 중매에게서 들은 조각조각의 인상을 모아 그 윤판서집 장손이라는 일위 귀공자를 눈앞에 그려본다.

눈은 이러리라, 이마는 이러리라, 키는 이러리라……

제 외양이 뛰어나매 제 속에 그려지는 남자, 그 또한 한 가지 반 가지 범연한 데가 있을 리 없다. 옥골선풍, 풍채헌앙하여 누워 있되 고개가 절로 숙여지는 듯하다.

'과연 윤도령의 풍모가 저렇듯 청수하련가?'

그러리라 믿기는 어려웠다. 명문의 혈통이요, 양반집 자제라 해서 반드시 이목이 청수할 법은 없다.

'한 번 보았으면!'

하는 욕망이 타오른다. 일평생을 동심일체 되어 살아야 할 사람이니 중매 눈이 무엇이며 부모 친척의 눈이 하관인가. 네 보고 내 보고 해야 할 것이 아니냐 생각되었다.

'그러나 어떻게? 어떻게 해서 규중 처자로 남의 점잖은 집 도령

을 만나보나? 더구나 요새 같은 남녀칠세부동석이란 유학이 건너와 행세를 하는 세상에……'

진이는 일어나는 길로 안방으로 건너갔다.

어머니도 다른날보다는 일찍 일어났을 뿐 아니라 의장문을 층층이 열어 젖뜨리고 갈피갈피 지어 쌓은 딸의 옷을 챙기고 있었다.

"식전에 왜 의장은 들추세요?"

"거풍도 좀 하고 이따 중매 오면 구경 좀 시키겠다."

"구경시키다 숭이나 떨리면 어쩌게요?"

"나두 구경시킬 생각보담 그런 사람은 널리 보구 댕기는 눈이니 숭될 거나 없나 물어볼려구 그런다."

진이는 가슴이 뭉클해진다. 자기를 위해선 무어나 유감되는 것이 없이 채려 주려고 살이라도 깎아 보탤 듯이 애쓰는 어머니, 자기밖에는 정 쏟을 데가 없는 어머니다.

아버지가 계시대야 한 달에 한두 번 식량이나 대어주려고 다녀가는, 손님 같은 사람, 어머니 불쌍한 생각과 어머니 감사한 생각이 한데 엉키어 눈물이 핑— 올려솟는다. 진이는 이내 윤도령의 생각은 다 잊어버리고 자기 방으로 돌아오고 말았다.

와서 곰곰이 생각해보니 자기 모녀에게 자기 아버지처럼 박정한 사람도 드물 듯하다. 뻔쩍하면 양반의 집 체도가 어떠니 어떠해야 하느니 하고 대소사를 물론하고 어머니의 소실로서의 지위를 밝히는 것과 자기에게도 서자녀(庶子女)의 슬픔을 던져준 적이 한두 번이 아닌 아버지다.

'양반놈들은 인정이 없더라.'

어머니가 번번이 지껄이시던 말씀이요, 진이 자신도 깨달은 지 오랜 사실이다.

'양반은 몰인정하다. 윤판서집도 양반이다. 그러니까 몰인정할 거다!'

이런 불안한 생각이 진이의 머리를 어느새 스치고 지나간다.

'내가 시집가면 과수나 다름없이 적막한 세월을 보내셔야 할 어머니.'

진이는 하루라도 더 제 손으로 어머니의 진지상을 보살펴드리고 싶었다. 그래서 부엌으로 나오려 뒷문을 열고 신발을 찾으니 뒷마루에 코를 모아 가지런히 올려놓았던 꽃당혜가 한 짝은 어디 가고 한 짝만 남아 있는 것이다.

진이는 놀래어 뒷마루로 나왔다. 마루 밑에 떨어졌을까 하고 들여다보아야 거기도 없다. 집안사람들에게 알리어 모두 나와 찾아보게 하였으나 꽃당혜 한 짝은 종시 간 곳이 없다. 남아 있는 한 짝이 말을 못하니 물어볼 데도 없다.

이웃집 강아지가 와서 물어갔나보다 하고 하인을 시켜 밖으로도 찾아보게 하였으나 소용없는 일이다.

"누가, 사람이 집어갔을까?"

어머니는 이내 사람을 의심했다.

"어머니두! 사람이 집어갔으면 한 짝만 갖다 뭘하게요?"

하고 진이는 강아지가 물어간 것이 틀리지 않다 하였다.

"어떤 년이 방자를 할려구 집어가지나 않았나 원……"

"방잔 무슨 방자예요? 내가 남한테 무슨 적원을 했나 뭐, 강아지 짓이지."

하고 진이는 역시 무심하였다.

"호사다마란 말이 있지 않느냐?"

어머니는 그래도 찜찜해 하였다.

조반자리를 치우기가 바쁘게 들어설 줄 알았던 혹부리 중매가 낮이 겨워도 나타나지 않는다.

"웬 일일까? 이 마누라가……"

어머니는 몇 번이나 혼잣말처럼 지껄이었다. 대문소리만 삐꺽하면 치마를 털고 일어나곤 하였다. 그러나 날이 어둡도록 윤판서 집 중매는 오지 않는다.

"뭘 그렇게 앨 써 기다리시우?"

진이는 너무 안타까워하는 어머니에게 도리어 짜증을 내었다. 사실은 자기의 속도 무심하지는 못하였으나, 어머니가 혹시라도 그 좋은 자리를 놓치면 어쩌나 하는 것만 같아서 자기의 자존심이 상하는 것이었다. 그 바람에 진이는 아침에 혼자만 생각하던 것을 말내어 볼 기회를 가진다.

"어머니 생각을 전 알 수 없어요."

어머니는

"뭐 말이냐?"

할 수밖에 없다.

"어머닌 꿈에도 한번 보시지 않구 밀루 반하셔서 그리세요?"

"그만한 자리가 쉬우냐? 잠—자쿠 있거라."

"자리가 혼인하나요? 사람이 하지."

"자리 좋구 사람 좋으면 더 좋지 않니? 그만치 알아봤으면 내 눈으루 본 듯하지 귀남 할머니 눈이 어떤 눈이냐?"

진이는, 귀남 할머니가 시집가우? 하고 싶으나 부모님께 한 번도 역답을 해본 적이 없는 입이라 그렇게는 생각만으로도 죄송스럽다. 바늘은 물론, 거문고 술대도 손에 잡히지 않는다. 마음이 싱숭거릴 때에는 진이는 언제든지 글씨를 썼다. 소곳하고 앉아 먹을 가는데 그때에야 안뜰 안에서 혹부리 중매의 기침소리가 난다. 안방 미닫이가 열리고 어머니가 반가이 맞아들이고 무어라고 잠깐 소근거리더니 중매의 다 쒀 논 죽에 무어니, 그렇게 시에미될 게 꽤 까다로워서 어떠니 하고 윤판서집을 빈정거리는 소리가 건너오는 것이다.

진이는 갈던 먹을 딱 멈추었다. 고요히 귀를 지키었으나 안방의 말소리는 아니 들리는 것이 더 많다. 그러나 다 듣지 않고도 일의 대체는 짐작할 수가 있다. 다 쒀 논 죽에니, 시어미될 게 꽤 까다로우니 하고 중매가 푸념을 하며 신랑 어머니의 험담을 하는 것은 이미 일이 틀어진 표다.

진이는 먹을 갈던 자리에 그냥 세운 채 놓아 버렸다. 머리 속이 욱신거릴 만치 전신의 피가 얼굴로 치달았다. 홧홧한 얼굴은 들고 앉았기가 무겁다. 세상에 나서, 열여덟 해 동안 일찍이 이런 모욕감을 느껴본 적이 없다.

'내가 무에 남만 못하냐? 인물이 남만 못하냐? 침공이 남만 못하냐? 시설지라도 내 웬만한 선비쯤은 무서울 게 없다. 험집이 있다면 유시로부터 곱게만 자라 기추(箕箒)에 손이 익지 못한 것뿐이다.'

진이는 또 이때처럼 강렬한 자존심을 느껴본 적도 일찍이 없는 일이다. 곧 안방으로 달려가 무어라고 내 험을 잡더냐고 캐고 싶었으나 그것은 마음뿐, 좁은 가슴만 빠지직거린다. 꿈에 한 번도 본 적이 없는 윤도령, 그를 일편시라도 사모한 적이 있었다 아니라, 또 판서댁이니 만석꾼이니 하는 그 지체가 아쉬워서가 아니라 여태껏 어중이 떠중이가 다 한 번씩 덤벼들어보는 청혼을 초개같이 밀어던지었다가 이것은 전하는 말이나마 신랑이 출중하고 가풍이 하 도저하다는 바람에, 그러고도 으레 저쪽에서 감지덕지하여 들어덤빌 것을 믿고, 그러니까 차차로 당자의 됨됨이를 확적히 캐어 보아서 과연 도고학박(道高學博)하고 재덕이 겸비하여 머지않아 출장입상(出將入相)할 만한 풍도(風度)를 갖춘 호남아라면 가히 신명께 맹세해서 허혼할 자리로 여겼던 것이 천만 뜻밖으로 저쪽에서 돌아앉고 만다는 것은 여자로선, 더구나 진이로서는 마지막 가는 모욕인 듯 뼈가 저리게 분하다.

'그러게 내가 언제 아무것한테나 시집간댔어요?'

어머니가 앞에 있기나 한 것처럼 원망이 나왔다. 중매가 어서 돌아가기를 기다렸으나 안방에선 날래 미닫이소리가 나지 않는다. 진이는 가만히 손을 들어 따가워진 자기의 두 볼을 어루만져 보고는 다시 먹을 갈았다. 황산곡(黃山谷)의 법첩(法帖)을 꺼내놓고 송풍각시(松風閣詩)를 써보려 하였다. 붓이 제대로 잡혀지지 않는다. 획에 군살이 붙는다. 몇 자 쓰지 않아서,

"심정(心正)이라야 필정(筆正)이라니……"
하고 붓을 던지고 말았다.

이윽고 안방에서 미닫이소리가 났다. 중매가 가는 것이 아니라 어머니가 마루를 건너온다. 진이는 얼른 다시 붓을 들고 얼굴에 화기를 지었다. 속에서는 분통이 끓으면서도 겉으로 그런 눈치를 어머니께라도 보이는 것이 자기의 약점인 듯, 거의 본능적으로 날쌔게 감추어졌다.

"벨놈의 집 다 보겠구나!"
딸의 방으로 들어서는 어머니의 실심한 음성이다.

"뭘—요?"
진이는 아무것도 모르고 있는 체한다.

"그놈의 집은 에미가 추물이라드니 메누리꺼정 아마 고석백이나 쥐다 놀랴나부다."

"뭘 그리세요?"

"그런 시에미 밑에 가 살긴 참 과남하지…… 널 글쎄 인물 너머 고운 게 탓이라는구나!"

하고 어머니는 어이없는 웃음을 짓는다.

  진이도 어머니를 따라 막연하게 한번 웃는다.

  "그건 핑곈지 누가 알아요? 속엔 다른 연유가 있어도 말하기 안 돼서 그러는지?"

  "핑계가 뭐냐, 다른 연윤 무슨 다른 연유? 저 못생긴 시에미가 잘난 메누리 새우는 법이란다…… 중매 듣는데 아주……"

  "듣는데 뭐래드래요?"

  "너무 외화가 고우면 박덕하기 쉽구 박명하기 쉽구 또 뭐래드 래나…… 벨 소리가 다 많어."

  "없는 소리유 뭐……"

하고 진이는 또 웃어보았으나 속으로는 불쾌하다. 인물이 못나서 탓보다는 낫겠지만 박덕이니, 박명이니 하는 소리가 자기의 장래를 저주하는 것 같아서 원망스러움다. 재승덕(才勝德)하면 소인(小人)이라 한 사마온공(司馬溫公)의 훈을 읽고 수덕에 명심해 오는 터이라 박덕이란 말이 더욱 억울하다.

  "누가 아니, 혼인이란 이리다도 저희 편에서 되돌아붙는 수가 있단다. 하루이틀 쓰다 버릴 황화 물건도 탓없이 고르는 사람이 있다던……"

  "어머닌 그렇게도 거기만 맘에 끌리세요?"

  "잠자코 있으래두."

  "전 싫어요. 저이가 다시 청할 리도 없지만, 그런 소릴 듣구 누가 가요."

"아직 그런 소리에 괘의할 게 아니래두…… 넌 밤낮 필묵과만 씨름이냐. 어서 베개마구리도 끝내고 수저집도 해야 안하니?"

"그까짓 거 하게 되면 하죠. 난 글씨 쓸 때가 제일 좋아."
하고 진이는 굳이 놓았던 붓을 다시 든다.

"혼사란 건 이렇게 한세월 하다가도 닥들리면 급한 불이란다…… 김참판댁 신랑도 너보다 두 살 아래 들어 그렇지 으젓하긴 이 신랑보다 낫다구 안 그리던?"

"……"

"궁합도 괜찮구 이달만 지나면 저의 어른이 탈상을 한다니까 내달엔 그집에서도 말이 있을라……"

"어서 건너가 주무세요."

어머니는 더 지껄이지 않고 딸의 글씨만 들여다보다가 벼루가 마르는 것을 보고는 연적에서 물을 따라 먹을 갈아주고 건너간다.

그러나 어머니가 건너간 뒤에, 먹은 새로 한벼루 향기를 떨치되, 진이는 붓을 놓고 체경 앞에 일어섰다.

'미인박명이니 박덕이니 하는 말은 자고로 일러오는 말, 나도 과연 미인이며 미인이면 그런 박명과 부덕할 운명이 어느 구석에 들었단 말인가?'
하고 새삼스럽게 거울을 대하는 것이다.

거울은 거울뿐이다. 비치어지는 것을 비치어지는 대로 비치일 뿐이다. 아무리 그럴싸하게 깎아서 본다기로 본얼굴에 없는 티가 어디서 갑자기 생기리오. 청명한 팔월 하늘에 보름달이 뜬 듯, 아니 달에는 오히려 계수나무나 박혀 있으려니와 진이의 얼굴에야 어느 눈결 하나에 어느 입모습 하나에 요사한 티를 잡아낼 수가 있으리오. 오직 순수하게 아름다울 뿐, 악(惡)이라고는 모기 한 마리만한 것이라도 우러날 구석이 없다. 웃는 것이 아름답듯이 찡그림도 귀여울 뿐, 고요할 때가 아름답듯이 움직일 때도 그냥 어여쁠 뿐 눈 속이 맑고 서늘하나 비수처럼 찬 데도 없고, 목이 패였으되 독기(毒氣)가 있는 미인들처럼 굵지 않다. 검은머리 구름결 같으나 고구려의 요녀(妖女) 관나(貫那)처럼 불길스럽도록 길지 않다. 뜯어보나 돌아보나 한 가지 반 가지 과한 것도 없고, 균형을 잃은 것도 없이 오직 아름다운 것이 아름답게 보여진 것이 진이의 전부다.

'박덕박명할 계집에겐 박덕박명할 상이 있으리라. 박덕박명할 상을 가졌다면 그 어찌 미인일꼬? 아직 세상에 정말 미인이 나보지 못한 때문이리라.'

하고 진이는, 정말 미인을 보려거든 나를 보아라 외칠 듯한 자긍을 느끼지 않을 수 없었다.

이날밤, 진이는 황초 두 자루를 다 태우고 누웠으나 잠이 잘 오지 않는다. 아직 본 적이 없이 미인이란 말에 박덕이니 박명이니 지껄인 소리라 더 탄할 때 아님을 깨달은 이상 그것 때문에 상심은 아니다. 그동안 여러군데 있어온 혼담 중에 진이 자신이 저으기 동심이 되어 남자라는 대상에 어느 정도의 흥분을 품어온 자리가 이 윤판서집이었던 만큼 그 흥분이 상대자에게 뚜렷한 인상도 얻기 전에 일종의 모멸에 가까운 비평으로 수포가 되어 버릴 때, 그 뒤에 따르는 막연한 적막과 울분 때문에 심난함이었다. 아침에는 뭘 강아지 짓이지 하고 말았던 신 한 짝의 거취조차 이상하게 마음에 걸리었다.

'강아지의 짓이라면 왜 새로 사와 기름내가 풍길 때는 그냥 뒀다가 이제와 물어갔을까?'

이렇게 생각하면 강아지의 짓이 아닌 듯도 하다.

'그럼 사람의 짓일까? 도적이라면 한 짝만 가져다 뭘 하며, 또 다른 물건은 다 제쳐놓고 하필 내 신짝에 탐을 내었을까?'

생각사록 이상스러웁다. 옛날의 어떤 아름다운 전설의 한토막이 생각나기도 해서,

'옳지! 옥경에서 어떤 선관이 날 나려다보고 반했나보다! 그래 뒷날에 어떤 인연을 삼으려고 내 신 한 짝을 올려갔나보다······'

하는 공상도 하여본다. 그런 공상에 빠질수록 남보다 뛰어나게 아리따운 자기의 청춘을 아리따운 청춘답게 어엿하게, 향기 있게 누려보리라는 욕망이 풀어놓은 가슴이 가쁘도록 끓어오르는 것이다.

'따 위에 고운 계집이 있거늘 하늘 아래 잘난 사나이 없을소냐. 오직 연분이 없을 뿐이로다!'

생각하니 더욱 마음은 초조해진다.

"관관저구(關關雎鳩)는 재하지주(在河之洲)로다 요조숙녀(窈窕淑女)는 군자호구(君子好逑)로다 흥애(興也)라 흥애라 흥애흥애

라……"

('관관하고 소리 내어 우는 저구새는 물가 모래톱에 있도다. 요조숙녀는 군자의 좋은 짝이로다. 흥(興)이다.')

하면서 진이는 벗은 팔을 이불 속에서 내어 어두운 방 안에 흰 무지개를 그리며 미치는 데까지 내어던져 본다. 손 끝에 닿는 것은 싸늘한 이불섶뿐, 유재유재(悠哉悠哉) 전전반측(輾轉反測)의 정을 진이는 지어낸 글뜻이 아니요 사람의 생활인 것을 비로소 깨닫는 듯하다.

달포가 지나갔다. 뒤곁에 들어가니 배나무에 꽃이 피고 앙당한 앵도나무에도 가지마다 휘어져라 꽃이 피었다. 조그만 벌이 한 마리만 와 앉아도 꽃가지는 더 휘어진다. 그 가냘픈 꽃가지는 여자같이 다정하나 그렇게 앉았다가도 휙 일어나 어데로고 날아가 버리는 벌은 사나이같이 박정해 보인다.

'사나이는 왜 박정한가? 아니 사나인 박정한지 후정한지 내가 어떻게 아나?'

진이는 스스로 얼굴을 붉히고 자기의 아버지와 자기의 외삼촌을 생각해 본다. 자기 어머니는 자기 아버지에게 그렇듯이 정성과 애정을 바치건만 아버지는 자식이 보기에 다 원망스러우리만치 무심하다. 처음부터 그랬을 리는 없다. 처음에는 아버지 편이 더 정이 있었을는지 모른다. 사내기 때문에 이내 식어진 것이라 생각된다. 더구나 외삼촌을 보아도 늘 내가 후년에 이렇듯 곤핍한 건 여원(女怨)을 샀기 때문이라 하였다.

'그럼 남자에겐 끝까지 변치 않는 사랑이 없을까? 계집에게 열녀가 있듯이 목숨을 바쳐 한 계집을 사랑하는 그런 다정한 사나이는 없을까?'

진이는 멀―리 송악산 머리를 바라보았다. 어느 골짜기에 난만한 진달래가 어리인 듯 불그스름한 꽃구름 한 송이가 피어올랐다.

진이는, 반은 피고 반은 아직 봉오리인 배꽃 한 가지를 꺾어들고 들어왔다.
"어머니? 배꽃 핀 거 봐요 벌써."
"난 어디 갔나 했구나. 뒤꼍에 있더랬니?"
"네."
"꽃도 꽃이지만 글씨 하나 구경해라."
"글씨요? 뉘 글씬데요?"
어머니는 잠자코 안방으로 가더니 보에 싼 것을 들고 건너온다.
"글씨예요. 그게?"
"그래, 어디 네 글씨만한가 구경해 봐라."
회청(回靑)을 짙게 들인 모시보에서는 뚜껑을 계란과 기름으로 샛노랗게 절인 서첩(書帖) 하나가 나왔다.
"누구 거예요?"
"저―한양 어떤 선비 거란다."
진이는 벌써 짐작나는 일이 있으나,
"그런데 웬거예요?"

하고 다시 묻는다.

"글쎄 글씨부터 구경하렴."

적벽부(赤壁賦)를 베낀 행서(行書)인데 얼른 누구의 체인지는 알 수 없으나 자기보다 연조가 오랜 글씨인 것만은 일견에 느낄 수가 있다.

"돈푼이나 있는 게로군."

"어떻게 아니?"

"먹이 여간 좋은 먹이 아닌데……"

"잘 썼니?"

"네, 종잇바리나 없앤 글씬데요…… 필잴 그리 뛰어날 게 없어두 많인 쓴 글씨 같어…… 청풍(淸風)이 서래(徐來)하고 수파불흥(水波不興)(맑은 바람은 천천히 불어오고, 물결은 일지 않는구나.)이라, 그 물결 파자 잘 썼구나!"

"네 글씨보다 나으냐?"

"좀 나은 것 같어……"

하고 진이는 선웃음을 짓는다.

"나어야지 너만 못해선 안되지…… 너보다 한 살 위구 지금 어느 재상의 둘째 아들이란다. 외가가 여기야…… 그래 외가서 나온 거다 이게……"

"……"

"아주 사내답게 어사감으루 생겼다든데 글씨 보군 모르겠니?"

"글씨두 꽤 활달한 데가 있긴 해요."

"둘째 아들이구 또 당자가 웬만한 색신 눈에 차지 않아 하는지 부모들이 첫째 인물 잘나고 둘째 글 잘하는 처녀로만 구한다는구나."

"……"

진이는 소곳하고 글씨만 넘기며 본다.

"저이 외가에선 너면 염려없을 게라고 전인해 기별한다고 하면서 이걸 신랑될 도령의 필적이라구 보냈구나……"

"……"

"문갑 위에 올려 놔두고 자세 들여다보렴."

하고 어머니는 희색이 만면해서 나갔다.

달포 동안을 두고 다른 일처럼 자주 말은 없어도 은근히 애를 써 기다렸으나 윤판서 집에서도 김참판 집에서도 하나같이 다시는 기별이 없어, 어머니는 완연히 얼굴빛까지 어두워가던 차라 진이는 우선 어머니의 얼굴에 다시 양명한 화색이 돌 수 있는 것만으로도 기쁜 소식이 아닐 수 없다.

진이는 꺾어온 배꽃가지를 끝까지 한 번 다 내려본 서첩 위에 고요히 얹어놓았다. 그리고 눈을 감는다. 배꽃의 맑은 향기는 서첩에서 일어나는 참먹의 그윽한 향기와 함께 어리어 코로 스며들었다.

'어째 낙관을 안했을까?'

진이는 그 필적의 주인공의 이름이 무엇인지 알고 싶다.

'등과(登科)는 되었는가?'

그것도 알고 싶다.

'어떻게 생겼을까? 재상집이라니 무슨 재상의 집인가? 호반집이나 아닌가?'

진이는 무관(武官)집이기보다는 문관(文官)집이기를 바란다.

"글씨에 타고난 재간이 있다면 무장(武將)될 소질이 있는 사람이나 아닐까. 자고로 무인들에게 명필이 많다는데 안진경(顏眞卿) 같은 이도 무인이었고…… 그러나 이건 그다지 필재가 놀라운 글씬 아니니까……"

진이는 다시 서첩을 열어 이장 저장 넘긴다.

글씨는 장을 넘겨갈수록 필흥을 겨워한 듯, 필력(筆力)을 세울 새 없이 초서(草書)에서처럼 휘둘러 버린 데가 많다. 그것을 한참 들여다보던 진이, 자기마저 도연해지는 필흥을 누를 수가 없다. 벼루를 당겨놓고 양호무심필을 풀어 그 서첩이 펼쳐진 대로 '산천상규울호창창(山川相繆 鬱好蒼蒼)(산천이 얼히고설켜 빽빽함.)'에서부터 내려쓰기 시작한다.

처음 몇 줄은 서첩 글씨에 그리 떨어지지 않겠으나 후적벽(後赤壁)을 시작하면서부터는 획력으로나 작자로나 다 미칠 수가 없다.

진이는 방긋이 미소하며 붓을 쉬인다. 그리고 써내려온 글 속에서 차부천지지간물각유주(且夫天地之間物各有主)(천지에 있는 모든 사물은 모두 각각 주인이 있음.)란 구절을 다시 보고는, 이 글씨의 주인이 과연 내 주인이 되려는가? 하는 생각까지 나서 보는 이는 없되 양미간이 붉어진다.

이 뒤로 꽃 흩는 아침, 비 듣는 저녁에 이 글씨의 주인공을 생각하는 것으로 그의 청춘은 하루하루 무르익어가는 듯하였다.

그러나 진이의 이 공상의 무지개도 현실의 무지개와 같이 사라질 운명에서 돋치었던 것은, 아무리 인물이 좋고 아무리 시서화(詩書畵)에 능통할지라도 온전한 양반의 자식이 아니면 될 수 없다는 것이 한양에서 내려온 기별이다.

아비 황진사는 양반이되 어미 현금(玄琴)은 양반이 아닐 뿐 아니라, 황진사의 정실이 못되므로 그 새에서 난 진이는 온전한 양반이 아니라 절름발이 양반이라는 것이다.

나중에 알고 보니 김참판집에서도 새악시만은 탐을 냈으나 절름발이 양반이란 점에 기피하고 만 것이었다.

그만, 진이의 낙망은 크다. 너무 곱다는 것이 탓이었을 때는 이내 성을 풀고 웃어 버릴 수가 있었으나 이것만은 며칠을 두고 생각하되 자위를 얻을 길이 없다. 기왕에도 서녀(庶女)로서의 비애를 느껴본 적이 없지는 않았으나 그것이 혼인에까지 미치되 그다지 근본적인 조건이 되리라고는 생각지 못하였다.

진이는 이번에도 먼저 체경 앞으로 달려갔다.

'어미가 상인이요 서녀래서 외양에 달리 나타나는 것이 있단 말인가?'

진이는 체경 속에서 달려나오는 자기의 그림자와 마주치자 소스라치며 놀란다. 그는 자기 얼굴에서 이처럼 푸른 '비참'을 발견한 적은 일찍이 없었다.

그러나 이 얼굴의 창백은 누구에게나 실망이 있을 때 가장 자연스럽게 나올 수 있는 표정의 하나로, 결코 그것이 상인이라거나 서자녀의 표적일 리는 없는 것이다. 놀랐던 진이 자신도 그것만은 이내 깨달을 수 있었다.

'그럼, 상인과 서자녀의 표가 어디 있단 말인가? 어디고 양반은 양반, 상인은 상인의 표, 적자는 적자, 서자는 서자의 티가 있길래 그걸 가리는 것이지, 투철한 표적이 없으면 무얼로 가린단 말인가?'

진이는 체경 앞에 주저앉아 버린다.

'옳지 외양에 아니라 속에 있나보다! 마음속에 있나보다! 마음속에?'

진이는 저도 모르게 한 편 손으로 가슴을 어루만진다.

'내 가슴속엔 세상에서 멸시받는 상인의 마음, 서자녀의 마음이 들어있구나!'

진이는 가슴을 쾅—쾅—치고 싶어진다.

'아니 양반의 맘은 어떤 거며 상인의 마음은 어떤 거란 말인가? 양반의 건 선하고 상인의 건 포악하단 말인가? 그럼 악인은 상인이나 서자손에게만 있고 양반이나 적자손에겐 하나도 없단 말인가? 상인이나 서자손에겐 어진 사람은 하나도 없단 말인가? 나도 악인이란 말인가? 천진이 없단 말인가? 조물주는 인간이 태어날 때 반상을 가리고 적서를 가려가며 양심을 넣어준단 말인가? 이런 것이 믿을 수 있는 이치인가?'

진이는 이윽고 머리를 흔든다. 주먹에 힘을 주노라고 팔을 부르르 떤다.

'일체중생이 개유불성(皆有佛性) 아니냐? 나면서 선악심이 따로따로 박혀 질 리 없다! 서자녀를 천히 여김은 남의 시앗되기를 즐기지 말라는 데 일리 있다 하려니와 오륙이 멀쩡한 자식들을 그 부모나 선조들이 비천하게 살았다 해서 대대손손이 똑같은 운명에 쓸어 넣으려는 건 권병을 잡은 놈들의 횡포다! 이목구비가 똑같은 사람에게 인력으로 귀천의 운명을 붙여 버리는 것이 횡포가 아니고 무어냐? 아니 천리(天理)에 반역이 아니고 무어냐? 양반? 흥! 이놈들 별놈들인가. 얼마나 도저한가 어디 보자!'

진이는 문갑 위에 얹었던 그 한양 선비의 서첩을 집어 뒤뜰안으로 동댕이질을 쳐 던져 버렸다.

워낙 입이 가볍지 않던 진이는 더 말이 적어졌다.

비에 젖어 날 들기를 기다리는 꽃봉오리처럼 얼굴은 수그러지는 때가 더 많아졌다. 딸은 어미의 눈치를 보고 어미는 딸의 눈치를 보며 다시 무료한 며칠을 지내는 동안, 한번은 궂은비가 밤새도록 쏟아진 아침이었다. 뒤창을 열어젖뜨리니 뒤뜰안이 온통 눈이 온 것처럼 희다. 떨어질 자리를 가리지도 못하고 바람부는 대로, 빗발치는 대로 떨어져 덮이고 흩어져 쌓이고 한배꽃과 앵도꽃, 진이는 머리 빗을 것을 잊고, 향기도 없이 어지러울 뿐인 낙화를 오래오래 앉아 내다보았다.

"꽃이란 잠깐이로구나!"

이날 저녁에 진이는 안방으로 건너가 어머니더러,
"나 중이 되겠어요."
하였다.

어머니는 열길 스무길 뛰었다. 딸의 방으로 건너와 불서(佛書)인 듯한 책은 모조리 찾아내어 아궁에 넣었다.
"신체발부는 수지부모야, 암만 네 몸뚱이라두 이 에미 애비 허락 없인 머리칼 한 오리 못 건드려……"
하고 어머니는 반짇그릇에서 가새까지 집어다 감추면서 딸의 옆을 잘 떠나려 하지 않는다.

앞뜰에서 너울거리는 파초잎은 나날이 부드러워 간다. 제게는 가을이 없을 듯이 무성해만 가는 이 남쪽나라의 식물을 보니 조락이 없는, 강남의 상록 세계가 그리워도 진다.
'멀—리 어데로고 다녀봤으면!'
하는 생각이 파초를 볼 때마다 솟아난다.
"파초는 가지가 없고나!"
진이는 처음으로 파초를 아는 듯싶다. 똘똘 말린 순이 올라와 그것이 펼쳐지면 잎이 되고 그 잎이 활짝 뻗으면 속에서 다시 순이 올라오고 이래서 전후좌우로 한 잎씩 보기 좋게 너울거릴 때는, 벌써 봄이라고는 한 군데도 없었다.

딸이 중이 되겠다는 말에 불서를 모두 불태워 버린 어머니는 사월파일에는 꽃등 하나 달아놓지 않고 지내 버렸다. 그 대신 단

오늘에는, 딸을 위해 좋아하는 음식은 물론이요 비단옷, 비단신, 비단댕기에 삼작패물(三作佩物)까지 새로 장만하고 하인을 시켜 뒤뜰안 배나무에다는 그네를 매게 하였다. 워낙 큰 배나무라 딴장그네만 못하지 않게 덩그러니 높았다.

삭발위니(削髮爲尼)가 원이었던 진이에게 단오놀이가 뜻에 있을 리 없으나 어머니의 애쓰시는 것을 보아 먹으라는 대로 먹고 차리라는 대로 차리었다. 그리고 태극선을 들고 뒤뜰안을 거닐다가 그네도 자기를 위해 매어놓은 것이니 한번 올라서 늘어보았다.

몇 번 늘지 않아 행길이 내다보인다. 행길에는 울긋불긋한 사람들이 떼를 지어 오락가락한다. 그 오락가락하는 사람들이 쫙 길옆으로 갈라지더니 웬 아담스런 남여(籃輿) 한 채가 나타난다. 진이는 그저 그네를 늘우면서 행길을 내다본다. 내다보니 남여는 잠깐 길 위에 머무는 듯하다. 해를 가렸던 합죽선이 접혀지자 먼 눈에 어른거리며 보기에도 탄 사람은 노상 젊은인데 이목이 그림처럼 청수하다. 탄 것이 남여인 것을 보면 당상(堂上)인 듯하다.

"소년 당상이로구나!"

하였을 뿐, 그리고 갈 길을 멈추고 남의 집 처녀의 그네 뛰는 것을 바라보고 섰는 그 부질없음을 비웃었을 뿐, 진이는 무심히 그네만 뛰었을 뿐인데 그 이튿날로 낯선 중매 하나가 새로 뛰어드는 것이다.

어제 그 남여 위에 앉았던 젊은 관원에게서 온 중매다.

중매는 진이를 보자 이내 호들갑을 떤다.

"원! 발에다 어찌 흙을 묻혀! 옥경선녀면 어떻게 더 이쁜고! 내가 사내라도 안 반하구 어쩌나!"

하고 혀를 쯧쯧 차더니,

"이거야말루 천정배필이오. 그런 신랑에 이런 신부래야 제격이지…… 아니, 한 분은 남여 위에서 보시구 한 분은 그네 위에서 보시구 서로 공중에서 보고 반했구랴! 이게 천생연분이 아니고 무어람 이런게?……"

미처 주인 쪽에서는 말을 내일 새도 없이 주워대인다.

"내 실토를 하지. 나이 스물다섯에 총각이라면 누가 곧이듣겠소? 그렇지만 내 말 들어보. 인물 잘나, 글 좋아, 조상님들이 대대로 승지참판 다 지내, 그런 지체가 어딨소. 갓 스물도 되기 전에 소년 당상으루 여지껏 벼슬살이 다니게 어디 집에야 일 년을 붙어있은 줄 아우? 그런데다 벌써 이태나 됐어요. 상배 당하신 지가…… 전실 몸에 아들 하나가 있겠소. 친정에서 따라왔던 몸종까지 가 버리구 글쎄 총각이나 무에 다루? 그런데 벌써 동부승지(同副承旨)로 계시죠. 며칠 안 있어 참판, 판서 다 하실 테니 보슈. 이런 자리가 어딨어……"

"여보 무슨 얘길 그렇게 글강 외듯 혼자만 내려섬긴단 말이오? 서서히 들읍시다그려. 방으로 올러오."

중매는 그제야 걸터 앉았던 마루에서 일어난다.

"여보 중매어머니?"

진이가 마루에 도사리고 앉은 채 안방으로 들어가려는 중매를 부른다.

"네 아가씨?"

"그럼 그댁도 양반이겠구려?"

"그야 이를 데가 있어요? 팔도강산에 쩡쩡 울리지, 양반이길 이르리까?"

"그럼 어서 그냥 가시우."

"그냥 가다뇨?"

"양반이니까 싫다더라구 그리시우."

"네?"

"……"

진이는 눈을 내려감고 부채질만 하였다. 그러자 어머니가 중매더러 탄하지 말라는 눈짓을 하고 안방으로 손을 끌어들이었다.

진이는 이내 자기 방으로 들어와서,

"어머니?"

하고 불렀다.

"……"

안방에서 자기네끼리 쑹얼거리기만 하였다.

"어머니—?"

좀 짜증을 내어 또 불렀다. 그제야 어머니는 건너왔다.

"뭐?"

어머니는 두 눈썹이 약간 찌끗 달리었다.

"뻔—히 안될 걸 왜 어리석게 대꾸를 해요?"

"어째 안된단 말이냐? 내가 치가 떨려서두 쩡쩡 울리는 양반 중에서도 상양반의 집으루 널 들여앉혀 보구야 말테다. 세상에 그놈의 윤가나 김가나 한양놈의 집만 양반이라던? 치가 떨린다, 가만 있거라."

하고, 어머니는 딸이 더 무어라 하면 쥐어박기나 할 기승으로 중매에게로 다시 건너갔다.

"어찌하나?"

진이는 엎디어 울었다. 어떻게 해서나 어머님만은 즐겁게 해드리고 싶다.

기어이 양반의 집으로 자기를 들여앉히는 것이 어머님의 분풀이요 소원이라면 그렇게 하는 것이 자식된 도리가 아닌가고도 생각된다.

"그사람이 정녕 내게 맘을 두었을까? 그렇게 길에서 한 번 쳐다본 걸루……"

진이는 자기를 사랑하는 사람으로 어머니 외에 한 사람이 아쉬운 것은 이미 느끼는 지가 오래다. 자기를 진정코, 목숨이라도 내어놓을 만치 사랑만 해준다면 양반이라 해서 무슨 철천지원수가 아닌 다음에야 굳이 피할 것은 아닌 듯도 싶어진다.

저고리 고름으로 눈을 닦았다. 멀찌가니 거울 속에 떠오르는 자기 얼굴, 날마다 보는 얼굴이되 날마다 새로 피는 꽃 같다.

"아마 인생의 꽃은 초목의 꽃보다 긴가보다!"

또,

"그러나 백 년을 가리, 천 년을 가리, 고작 십 년이로다! 십 년……"

그까짓 십 년이란 세월쯤은 한 손바닥으로도 문질러 버릴 듯이 성에 차지 않는다.

"꽃! 십 년이면 떨어져 버릴 꽃……"

또,

"청춘이면 다 꽃인가 꽃다워야 꽃이지……"

진이는 오롯한 자존심이 치밀었다.

"양반이니 상인이니 다 갖다 붙일데가 따로 있지."

하였다. 세상 사람들은 모두 자기를 오직 우러러볼 뿐, 씨가 어떠니, 무에 어떠니 하는 것은 미인에게 대한 예의가 아니라 생각된다.

어머니는 옷을 갈아입는 눈치더니 이내 중매와 함께 밖으로 나가 버렸다. 물어보나마나 사주쟁이에게로 가는 것이다.

"흥! 동부승지면 뭘해 후취자릴……"

진이는 아무리 신랑의 풍도와 부귀가 높다 하되 탐탁할 리 없었다.

무료히 앉았노라니 어디서 뻐꾸기 소리가 들려온다. 뻐꾸기 소리는 왜 그런지 적막하게 들린다. 외롭고 외로워 누구를 부르는 소리같이 인정을 찌르는 데가 있다.

진이는 그네나 뛰어볼까 하고 뒤꼍으로 나왔다.

배나무에는 얼른 보면 녹엽뿐이나 가만히 찾아보면 가지마다 갸름갸름한 열매들이 맺히었다. 고개가 아프도록 한참이나 쳐다보다가 비로소 그넷줄을 끌어당겨 한 발을 올려놓을 때다.

워―횡 워―횡……

처량한 상여 나가는 소리가 들려온다.

'누가 단오 때 죽었을까!'

진이가 그네에 마저 한 발을 올려디딘다.

워―횡 워―횡

소리 수번도 세우지 못한 듯, 워―횡 소리만 단조롭게 들리는데 그 소리는 점점 가까이 온다. 그네에 올라서긴 했으나 뛸 마음이 없어지고 만다.

'아마 우리 마당을 지나가나보다.'

워―횡 워―횡……

군인들의 발소리까지 들릴 듯이 가까워졌다. 담 너머로 저만치 앙장이 올라떴다. 개우까지는 보이지 않으나 앙장은 너울거리며 바깥마당으로 들어서는 듯하더니 워―횡 소리가 뚝 끊긴다. 그러더니 부산―한 소리가 난다.

'아니, 웬일이야? 뉘 행상인데 하필 우리 마당에 와 쉬는 거야?'

진이는 이상하게 가슴이 섬찍함을 느끼면서 그네에서 내려섰다.

워―횡 소리는 다시 일어난다.

그러나 마당에서만 자꾸 나는 소리요 한걸음도 앞으로 나아가는 소리는 아니다.

'웬 일일까 이게?'

진이는 가슴이 두근거렸다. 위—횡 소리는 도로 그 자리에서 그치고 만다.

진이는 스란치마를 훕싸며 안마당으로 달려나왔다. 이내 바깥에서 눈이 뚱그래 들어오는 하인과 마주쳤다.

"이를 어쩨 아가씨!"

하인은 하—얗게 질린 얼굴을 후들후들 떤다.

"뭔데 그래?"

"마냄 어디 계세요?"

"뭐야? 뭔데 이렇게 겁을 내구 이래? 벤벤치 못하게……"

진이는 자기도 가슴이 두근거리나 하인이 혼 나간 사람처럼 후둘거림을 볼 때, 더구나 어머니도 아니 계시어 무슨 일이든지 자기가 담당해야 될 경우임을 깨달을 때, 자기도 모르게 상전으로서의 위엄이 서지는 것이다.

"아가씨?"

"뭐냐니까?"

"글쎄 상주두 없는 웬 상여가 지나다가……"

"그래?"

"우리 마당에 와선 딱 붙어선 가질 못하와요."

"딱 붙다니?"

진이는 하인의 얼굴이 너무나 어리석어 보임에 억지로 웃어보기까지 한다.

"네, 도무지 군인들이 발을 떼놓지 못하는 걸요. 그리구 글쎄…… 벨…… 원……"

하면서 하인은 뒤를 힐끔 돌아보더니

"뭐래나 하는 총각인데 아가씰 어디서 봤는지 한 번 보군 병이 났대요."

하는 것이다.

"뭐?"

진이는 대뜸 손바닥이 싸늘해 들어왔다.

"석 달 만엔가 죽었대요. 그래서……"

진이는 하늘이 샛노래진다. 시커먼 구렁이가 등골을 스르르 기어가는 것같다. 전신이 한 줌만 해지는 진저리를 느끼며 제 치맛자락을 지러밟아 치맛주름을 따트리며 정신없이 마루로 와 걸어앉는다.

워—횡 워—횡……

그러나, 또 그 자리에서 그치고 마는 소리다.

진이는 새파래진 손으로 이마의 식은땀을 씻는다.

그리고 어린아이에게처럼 하인에게 또박또박 이른다.

"다시 나가 똑똑히 알아보고 들어와."

하인은 머리칼이 일어서는 듯 머리를 두어 번 쓸면서 밖으로 나간다. 밖에서는 무어라는 소리인지 한마디도 자세 들을 수 없게 여러 녀석이 한꺼번에 왁자지껄한다.

진이는 옷고름을 다시 여며매었다. 버선에는 아무것도 묻은 것은 없으나 발을 두어 번 굴러보았다. 정신을 차릴 대로 차려보았다.

"나 때문에 병이 나……?"

진이는 싸늘한 손바닥을 볼에 갖다대고 눈을 감는다.

이윽고 다시 대문소리가 나더니 하인이 들어오는데 그냥 들어오는 것이 아니라 꽃당혜 한 짝, 그 이웃집 강아지가 물어간 것이라고 했던 진이의 잃어버린 꽃당혜 한 짝을 들고 들어오는 것이다.

진이는 가슴이 또 철렁 내려앉는다. 그것은 잃어버렸던 자기의 신짝이 아니라 관 속에서 꺼내오는, 송장이 신었던 습신같이 보기만도 무서웁다.

"이걸 보 아가씨!"

하고 하인은 들고 있기도 싫다는 듯이 진이의 발 앞에 놓는다. 그리고 건넌방 굴목 뒤로 가더니 다른 한 짝을 찾아다가 먼지를 불면서 가지런히 짝을 맞추어 놓는다.

보나 안 보나 그 짝이요 그 짝이다. 하나는 먼지가 뽀얗게 앉았고 하나는 밤낮 손으로 어루만지어 윤이 알른알른한 것만 다를 뿐 신어보지 않아도 자기의 신짝들이다.

"아가씨?"

"……"

진이는 대답하지 않는다. 더 오래 그, 잃어버렸던 신짝을 내려다

보지도 않는다.

"마님을 여쭤와야지. 어디 가셨을까요? 수번 녀석은 자꾸 아가씨가 나와 노제라두 지내야 상여가 뜰 게라구 으루대는군요."

"……"

진이는 듣기 싫다는 듯이 신을 벗고 마루 위로 올라선다. 자기 방으로 들어와 본다. 공연히 들어왔던 것처럼 이내 마루로 다시 나온다.

'어떤 사람인데 어디서 나를 봤단 말인가?'

진이의 앞에는 여러 총각의 얼굴이 번뜩거린다. 그러나 여러 해 전에 배 훔치러 왔던 소년이나 또는 이른봄에 연을 주우러 웬 상투쟁이 하나와 함께 담 위에 올려솟았던 그 하잘것없는 떠꺼머리 총각 따위의 얼굴은 그 중에 끼이지도 못하였다.

'나 때문에 죽어! 왜 그처럼 간절할진대 말이야 못해 보았나?'

진이는 콧날이 찌르르해졌다. 자기를 사모하다 치맛자락 한번 스쳐보지 못하고 목숨이 끊어지도록 그리워만 한 그 사나이, 뼈가 쩌릿하게 감사한 생각이 올려솟는다. 자기를 절름발이 양반이니, 서녀니 하고 타박을 하는 사람들에다 이 너무 황송하여 제 목숨이 끊어질지언정 말 한마디 내어보지 못하고 짝사랑을 품은 채 청춘을 땅 속에 묻는 겸손한 사나이를 대이면 얼마나 자기가 끔찍이 알아주어야 할 사람이냐? 하는 생각이 들고, 그런 목숨을 내어놓도록 자기를 사랑하는 사람이 자기가 알기도 전에 왜 죽어버렸나! 하는 안타까움도 없지 않다. 진이는 하인을 부른다.

"절골댁 나리님 계시면 얼른 가 좀 오시라구 그래."
"네."
하고 하인은 물러나간다.
진이는 밖으로 나가는 하인을 다시 부른다.
"아무소리 말고 나리님 계시면 그냥 오시라고만 그리고 안 계시면 그냥 잠자쿠 와."
절골댁 나리님이란 진이의 외삼촌이다.
"네."
하인이 나간 뒤에 진이는 찬물을 떠 세수를 하였다. 정신을 좀 가다듬을 생각으로다. 위—횡 소리는 몇 번이나 다시 일어나곤 한다. 그러나 번번이 그 자리에서 그치고 만다.
하인은 다른 때 심부름보다 빠르게 다녀왔다.
"절골댁 나리님 안 계시와요. 우리댁 나리님 여쭤오랍쇼?"
진이의 아버지 황진사 말이다.
"아서."
하고 진이는 고개를 흔들며 마당으로 내려서더니,
"상주가 없다지?"
묻는다.
"그럼요. 홀어미 밑에 외아들이구 집이 구차한 데다 일가 친척두 없어서 수번 녀석인 줄 알았더니 그게 친구래요. 친구가 장사두 지내 준대나봐요."
"그럼 그 친구란 사람 좀 불러들여."

하인은 곧 그 수번 격으로 상여의 앞잡이로 선 젊은이를 안마당으로 데리고 들어왔다.

진이는 얼른 다시 툇돌 위로 올라선다. 그 두건을 제껴쓰고 술기운이 거나해서 붉은 눈자위를 휘번덕거리는, 낯선 사나이가 무서워서가 아니라 자기보다 키가 큰 그를 조금이라도 쳐다보기가 싫었던 것이다.

"게 서서 내가 묻는 말만 대답하오."

"……"

젊은이는 벌써 들어올 때와는 달리 한번 진이를 쳐다보자 정신이 휘둘리는 듯, 마주 얼굴을 들지 못한다.

"이 돌아간 이가 어디 살던 누구란 말은 내게 들리지 마시오. 단지 임종에 무어라 유언했는지 들었으면 들은 대로 전해주오."

"에헴……"

하고 젊은이는 목청부터 다듬는다.

"석 달 동안 곡기를 전혀 않구 암만 물어야 말을 할듯 할듯 하기만 하다가……"

"글쎄 그런 말은 하나마나요. 임종에 한 말이 있거던 그 말이나 하오."

"임종에 가서야 그 당혜 한 짝을 내어뵈었소. 그리고 유천골 이 댁을 가리키며 죽은 몸이라도 이 댁 이 문전을 다시 한 번 지나게 해달라고 그랬소."

"그것뿐이오?"

"그 당혜 한 짝을 같이 묻어달랬소. 그리고는 눈을 감았소."
하고 젊은이는 그제야 힐끔 다시 한 번 진이를 쳐다본다.
"그랬으면 고인의 뜻대로 내 집 문전을 지나가거나 할 것이지 행상을 멈춰가지고 온 동릴 소란케 하는 건 무슨 경우요?"
진이는 양미간을 더욱 붉힌다.
"그게 사람의 고읜줄 아오?"
하고 그 젊은이도 음성이 높아진다.
그러나 진이는 사람의 고의가 아니란 말을 믿고 싶지 않다. 또 그러나 여기까지 와서 그런 것이 문제가 아니다. 한걸음 물러나 요량해 보면 그 젊은이의 죽은 친구를 위한 우정이 도리어 눈물겨운 바가 있다. 진이는 얼른 좋은 낯으로,
"잠깐 나가 기다리오."
하였다.

진이는 자기 방으로 올라왔다. 뒷문을 열어 젖뜨렸다. 남의 방으로 들어선 것처럼 방안이 다 무시무시하다. 아랫목 벽에 기대서서 치렁치렁한 머리채를 앞으로 넘기어 쓸어본다.
'편발처녀……'
진이는 억울하다.
'꿈에 한 번도 본 적이 없는 사람……'
진이는 눈물이 펑 쏟아진다.
바깥마당은 아까보다 고요해진 듯하다. 자기가 나오려니 하고

모두 안 쪽만 넘싯거리며 죽은 사람도 상여 속에서 일어나 앉아서 자기가 나타나기를 기다리는 것만 같다.

'그러나 덤벼서는 안된다……'

더욱 마음을 굳게 먹는다. 어디선지 멀—리서 나는 뻐꾸기소리가 다시 울려온다.

진이는 얼른 손등으로 눈물을 씻고 벽에 기대었던 몸을 일으키면서 그 잠자리 나래 같은 적삼을 잠깐 섶이며 화장이며 매만져 본다. 그리고 새파란 비취단추를 살며시 끌러놓으며 다시금 궁리해 본다.

'죽은 총각을 위해 적삼을 끌러?'

손은 무엇을 훔치고 난 듯 바르르 떨린다.

"그럼 나에게 남는 것이 무엇인가?"

오래 생각할 것도 없이 아무것도 남지 않는 것이다. 주는 것은 비록 한 벌 적삼에 지나지 않는 것이나, 그 비인 적삼 속에는 처녀로서의 명예 전부가 싸여 가는 것이다. 이렇게 되고 보면 앞으로 어느 정신없는 사나이가 자기를 순결한 처녀라 하며, 비록 저쪽에서는 그런것쯤은 무관하게 아는 호남아가 나선다 한들 어찌 자기의 양심으로 남의 양처가 되기를 허락할 것인가? 생각을 아니할 수 없다.

'나도 마지막이다!'

진이는 입술을 깨물었다.

새빨간 피가 박속 같은 이와 이 사이에 번진다.

'그러나 죽기까지 날 사모한 사람! 인정이라면 어찌 내 장래만 생각코 그를 위해 이만 걸 인색할 것이냐!'

진이는 얼굴빛을 초연히 다듬었다. 조금도 서두르지 않고 적삼에서 이 팔을 뽑고 저 팔을 뽑았다. 그리고 하인을 불렀다.

"이것 내다 줘."

진이의 목소리는 천연스러웁다.

"네?"

하인이 도리어 어쩔줄을 모른다.

"이것 내다 줘. 이 적삼으로 관을 덮어주라고."

"원……"

주인 아가씨를 아끼는 마음에 하인은 그저 망설이기만 할 뿐, 얼른 적삼에 손을 대지 못한다.

"어서 그 당혜도 두 짝 다 내다주고."

주인이 너무나 초연함에 하인은 더 주저하지 않는다.

진이의 적삼과 당혜가 나간 뒤에야 얼마 안 있어 위—횡 소리는 비로소 움직이는 것이다.

위—횡 위—횡

구슬픈 소리는 먼—동구 밖으로 사라져갔다.

딸에게 이런 변괴가 있은 줄은 꿈에도 모르고 점심때가 훨씬 겨워서야 어머니는,

"궁합은 보는 것마다 좋구나. 신통하기도 하지……"

하면서 즐거이 들어섰다. 그러나 다른 때 같으면 으레 퇴 아래까

지 마중나올 딸이 보이지 않는다. 부엌에서 내닫는 하인은 얼굴이 흙빛이 되어 덤빈다.

"무슨 일이냐?"

"마냄?……"

"아가씬 어디 갔느냐?"

"저, 저 마냄……"

하고 하인은 무슨 말부터 꺼내야 할지 몰라한다.

떠듬거리는 하인의 이야기를 두 마디 세 마디를 모아 한 마디씩으로 알아들어 나갈 때 마님의 얼굴빛도 점점 흙처럼 검어지고 말았다.

그날 저녁으로 무당을 불러다 굿을 하였다. 그 이튿날은 절에 가 불공을 드렸다. 그리고 딸의 마음 약함을 꾸짖는 한편, 청혼이 있는 김에 급히 택일하여 성례를 시키려 한다.

그러나 딸은 고개를 흔들었다.

"그럼 너 그깟놈 위해 수절할 테냐? 당치않게 졸한 생각 마라."

하고 어머니는 가래를 돋구었다.

그래도 진이는 철심석장(鐵心石腸) 그대로 움직이지 않는다.

마음만 움직이지 않을 뿐 아니라 몸도 움직이지 않아, 그 밤떡처럼 뽀―얗던 볼이 핏줄이 어근거리도록 파리해 갔다.

이것을 보는 어미의 마음은 칼로 점점이 저며내는 듯 아프다. 딸을 위로하기 위해 힘 자라는 데까지는 아끼는 것 없이 구해들였다. 비단을 사들인다, 패물을 사들인다, 자기 오라버니를 시켜서 서화(書畵)를 사들인다 애를 써보아야 진이는 하나도 탐탁해 하는 것이 없이 늘 누워서 뒷문으로 저녁하늘만 쳐다보았다. 그리고 있던 패물도 다 끌러서 아무 데나 처박아 버리고 머리도 사흘에 한 번씩이나 마지못해 빗되 얼게와 참빗 하나면 그만이었다. 얼게에도 층층이요 참빗도 층층인 것을 분과 연지와 함께 모두 내버리고 말았다.

하루는, 역시 뒤창을 열고 저녁 하늘을 쳐다보려니 새파란 초승달이 걸려있다. 전에도 이 문을 열고 바라보던 반달이되, 이날에 보는 반달은 자기가 내버린 얼게빗과 같은 생각이 난다. 이것에 유감하여 진이는 오래간만에 붓에 먹을 찍어 한시(漢詩) 두어 구를 지어보았다.

    (詩 話) 시화
    誰斲崑崙玉   뉘라 옥을 찍어내어
    裁成織女梳   직녀 얼레 만드신고.
    牽牛一去後   견우 가고 아니오니
    愁擲碧空虛   허공에만 던졌구나.(鷺山 譯)

이렇듯, 모든 풍물이 비감하게만 보여지매 옥 같은 몸일망정 깎이는 데는 초새 같았다. 어미는 보다못해 하루는 애원하듯 물었다.

"너 이러다 깊은 병 들면 너 죽고 나 죽는 날 아니냐? 나 아무 것도 바라지 않으마. 너 하고픈 것 하고 되고픈 것 되게 할 테니

제발 병 깊기 전에 추세기만 해다오."

진이는 여러날 아침을 두고 새벽 정신에 생각해 보았다.

'날더러 온전한 양반이 아니라고! 인전 날더러 또 온전한 처녀도 아니랄 테지! 흥…… 구구한 도덕이나 그 따위 고열한 제도에 묶여져 살 나도 아니다!'

하루 아침은 약그릇을 갖다놓는 어머니의 손을 이끌었다. 진이는 양치부터 하고 얼른 녹어지지 않는 입술을 바르르 떨다가,

"나, 기…… 기생이 되겠어요."

하였다.

"……"

어머니는 입술이 파래질 뿐, 그 자리에서는 얼른 아무 대답도 하지 못하였다.

황진이 중편

봄이 다시 왔다.

송악산(松嶽山) 깊은 골에 천년이나 묵은 듯하던 얼음장들도 어느 틈에 다 스러졌는지 골골이 들리느니 샘물 흘러가는 소리다. 물소리와 새 지저귀는 소리만도 춘흥이 겨웁거늘 구태여 어느 한 골짜기에서는 풍류 소리가 해저무는 줄도 모르고 흘러나온다.

유수(留守) 송화영(宋和永)의 꽃놀이다.

한 편을 내다보면 불이 붙어 올라가는 듯한 진달래꽃이요, 또 한 편을 내다보면 노송(老松)과 기암(奇岩)이 정정(亭亭) 층층(層層)한데 아득히 떨어져 있는 산마을이 이따금 개짖는 소리뿐으로 저문 연기에 묻히었다.

대청 정면에는 송유수, 그의 바른편으로는 부중에서 모모하는 그의 친지들, 그의 왼편으로는 명기명창(名妓名唱)들과 율객공인(律客工人)들이 한자리를 차지했다. 그리고 가운데는 주안상이 낭자하게 벌어졌는데, 배반은 새로우나 손들은 취한 지 오래되어 앉음앉이가 꼿꼿한 사람은 하나도 없다. 조는 것인지 노랫가락을 마침인지 학의 모가지로 길게 떨어뜨린 고개를 공연히 끄덕이는 사람,

"타―조―오……"

하고 무릎을 치는 사람, 곧 달려들어 물어뜯기나 할 것처럼 체면 생각도 없이 핏줄 일어선 눈으로 기생을 노려보는 사람.

"화향―으―은 습―의―하고―월새―액―은―"

하고 소리를 따르며 교자상 머리를 장고 삼아 치는 사람도 있다. 오직 기생들 만이 샛별 같은 눈총기를 그대로 가지고 다문 듯 벌린 듯한 입으로 가사를 뽑아내며 단정한 앉음앉이를 지키고 있다.

"허! 명창들이로군!"

한 손님이 혀를 차며 옆의 손님을 힐끗 본다.

"범연하겠소. 이게 뉘 놀이요."

옆의 손님이 대답한다.

"조기 조 산호잠 꽂은 기생이 뭐드라?"

"성산월(星山月)이지."

"오라 성산월이…… 고게 인물뿐 아니라 가사두 그중 곱게 뽑는군……"

"그중이구말구. 거 재물로 생기지 않았소?"

"아 참―해…… 귀엽거든……"

하고 그 손님은 흰털이 듬성듬성한 귀 밑이 후끈해짐을 느끼는 듯 한 손으로 볼을 어루만진다.

"형장 성산월이가 맘에 드시오?"

옆의 손님이 은근히 꾹 찌른다.

"조만하면 누가 맘에 없겠소? 흐······"

하고 그는 더 얼굴을 붉힌다.

"흠!"

하고 대꾸하던 손님은 가래를 돋구어 타구에 배앝더니 입도 씻지 못한 채 이 손님 귀로 바투 와,

"금물이오, 송유수의 물건요, 김참판네 이천 석 거릴 다 디민다면 혹 성산월이년이 동할까······"

하더니,

"호호호."

하고 소리를 치며 무릎까지 친다.

"뫗덜 그리 웃으시오. 풍류 안덜 듣소?"

옆에서 무릎을 치면서까지 웃어대니까 가사를 따라부르며 교자상 머리를 치던 손님이 뒤로 물러앉아 묻는다.

"이 김참판이 성산월이 인물에 반해서 말이오."

웃던 손님이 대답하였다.

"성산월이한테? 신로심불로라니! 그러나 성산월이 인물을 가지고 뭘······ 그보다 더 절색이 있는 건 모르시오 김참판?"

하고 이 손님마저 김참판이란 이에게로 몸을 기울인다.

"성산월이보다 더 절색? 관홍장(冠紅粧)인 인전 늙었을 거구 누가 있단 말요?"

"허, 아직 모르시는군! 관홍장이가 뭐요. 관홍장이도 이 기생 앞엔 돌아서야지."

"아니 누군데 말이오? 관홍장일 생각하니 허긴 성산월쯤이야 떨어지긴 일르겠소? 그러나 관홍장인 세월이 지났고 성산월만한 게 누구란 말이오, 지금?"

하면서 김참판은 일변 성산월을 보며 귀는 이 손님에게 기울인다.

"성산월이? 허! 관홍장이가 돌아설 지경이라니까. 성산월이 따위가 뭐요."

"여보 듣기 싫소. 공연스리……"

김참판은 입맛을 다시며 자기를 놀리는 말인 줄만 안다.

"공연이라니 원! 내 언제 김참판과 실없은 말 합디까?"

"그럼 어디 있단 말이오? 한양에나 그런 기생이 날까?"

"허! 한양…… 등하불명이로군! 명월이란 이름도 못 들으셨소?"

"뭣이 명월이?"

"나도 초문인 걸. 우리 송도에 있단 말이오?"

하면서 다른 손님도 침침해진 눈을 닦는다.

"허긴 나선 지 얼마 안되구, 아무나 부른다구 막 가지 않는다니까."

"기생이라면서? 양반 기생이로군!"

김참판은, 내가 불러도 안 와 하는 듯한 말이다.

"아닌게 아니라 양반이야. 애비가 진사라니까."

"진사래?"

김참판은 입을 다물지 못한다.

"뭐 황진사란 말을 분명히 들은 법해…… 그런데, 허긴 서녀라드군."

"분명해. 황가래 성이……"

"황진사의 서녀!"

김참판은 점점 더 눈이 커졌다.

그리고 속으로, 그럼 그게 바루 그 황진사의 서녀가 아닌가? 형제간도 없이 그 딸 하나란 말을 들었는데…… 바루 그 딸이게 그럼…… 하면서 김참판은 재삼 숙고하다가 또 한번 묻는다.

"분명 황진사의 서녀랍디까?"

"분명히 그런 소릴 들었어. 어떤 연유로 기생이 됐는진 몰라하되 본명은 뭐 진이라던가?"

"진이……"

김참판은 고개를 끄덕인다.

작년 봄에 자기 아들과 혼담이 있는 것을 어미가 상인이라고 퇴한 것을 생각하였고, 또 퇴하기를 잘했다 생각하였다.

"그래 인물이 도저해?"

김참판은 새삼스럽게 명월의 인물을 묻는다.

"도저라니? 도저란 언부족이오. 관홍장이가 돌아설 지경이라면 고만 아니오?"

하고 그 손님은 수염을 쓰다듬으며 지그시 눈을 감는다. 아리숭한 명월이, 자기도 한 번밖에 못 본 진이의 용모를 다시금 그려봄인 듯하다.

"관홍장인 잘 내세오만 형장 어느 때 관홍장일 보셨소? 서방 한 사인(韓舍人)이 귀양가구 한참 어려운 살림을 해 쪼그라진 얼굴이나 본 게로구려?"

"허! 과한 말씀인데 내 눈도 기생두럼이나 엮어본 눈이오. 낙화 보고 꽃이야기겠소? 내가 관홍장일 볼 땐 그 계집이 알지도 못하던 때요. 봉오리 때부터 보고 하는 말이오 나도."

"그러면서 그 계집보다 더한 미색이 있다오?"

"글쎄 있는 거야 어떡하오? 인제 영감 한번 명월일 만나 보슈. 눈이 홱 밝아질 테니……"

"여보 누가 눈 어두웠다오? 벌써 어두워선 어떡하게."

하고 김참판은 자기를 늙은이로 여기는 것이 싫은 듯하다.

"오라! 밝아질 게 아니라 어두워질 게라고 해야지."

하고 옆에서 듣던 손님이 그제야 말참례를 다시 한다.

"가사는 어떱디까? 꽤 익혀가지고 나왔습디까?"

"익히는 게 뭐요. 그건 나가지고 배운 재주가 아니야, 생이지지란 거지…… 그런데 금기(琴妓)로 상림춘(上林春)일 이르지만 거문고도 상림춘만 못하지 않겠던걸."

"야! 정말이오? 나인 얼마나 됐는데?"

"열칠팔…… 아니 열팔구 가량 됐을까?"

"고거!"

하고 김참판은 아닌게 아니라 눈에 새로운 정기가 일어나는 것 같다.

'며느리가 되려던 계집. 그 계집이 된 기생. 그런데다 관흥장이가 어림없다는 미모……'

가만히 속으로 혼자 음미해 볼수록 김참판은 일찍이 경험해 보지 못한 일종의 비밀스런 흥미를 느끼기 시작한다.

이윽고 풍류가 그치자 송유수는 진작부터 보고 있은 듯, 김참판더러 이렇게 말을 건네었다.

"거 그 자리에선 무슨 얘길 재미있게 하셨소?"

"아, 송도에 명기가 났다는구려. 아무턴 송유순 복력이 좋아……"

하고 김참판은 어느새부터 송유수에게 질투를 느끼며 대답한다.

"명기라니? 명기야 이 자리에 다 나왔는데……"

능갈친 송유수는 이렇게 우선 옆에 있는 기생들의 비위를 어루만져 놓고,

"명기라? 그래 이름이 무어요. 누가 보았소?"

하면서 결코 흘려들으려 하지 않는다.

명월을 보았다는 그 손의 입에서 명월의 이야기는 다시 한 번

처음부터 시작되었다. 나중에 시서화(詩書畵)에까지 능수란 말을 듣고는 여색에 담박한 늙은 선비들까지,

"허! 원일견지로다!"
하고 입맛을 다시었다.

그러나 이날 명월의 이야기를 듣고 즉석에서는 가장 흘려듣는 체하였으나 누구보다도 잊어버리지 않고 돌아선 사람은 주인 송유수와 손님에 김참판과 기생에 성산월이다.

송유수는 이 고을의 주권자라, 이 고을 안에서 얻을 수 있는 행락은 자기가 싫어서는 딴 사람에게 물려 놓을지언정 자기 마음에 드는 것 치고 한 번이라도 남에게 빼앗겨 본 적은 없다. 속으로,

'너희들이 아모리 침을 흘려 봐도 명월이 둘이 아니요, 하나일진대 오늘 저녁으로 불러볼 사람은 나 뿐이다.'
하였고 김참판은 김참판대로 몸이 달았다. 젊어서부터 그 많은 계집과 그 많은 놀이에 멀미가 나도록 묻혀왔건만, 그래서, '나는 이만하면 족할 줄 알아야 한다' 하고 스스로 망령된 욕심을 제압하여 오던 김참판이나, 오래간만에 꽃을 본다, 오래간만에 감홍로(甘紅露)에 취한다, 오래간만에 풍악을 들으며 성산월이 같은 미기를 본다, 게다가 천하에 절색이 기생으로 나왔다는 말을 들으니 마음은 젊었을 때보다 더 급하게 타올랐다.

정욕이란 늙을수록 쇠퇴하여 가는 것이 아니라 해프지만 않을 뿐, 한 번 동하기만 하면 더 심각한 데가 있는 것임을 김참판은 더욱 절실히 느끼었다. 속으로,

'내가 그렇게 여러 계집을 보아왔으되, 절색이라 할 게 하나도 없었다. 관홍장이를 한번 보려다 뜻을 달하지 못한 것이 가만히 생각하면 한이 되더니 내 한이 풀리려고 아마 관홍장이보다 더 잘난 기생이 나왔나보다. 이 명월이를 한번 보는 것으로 인간의 정욕은 끝을 맺으리라.'
하였다.
'그런데 아무나 불러선 잘 오지 않는다고……'
이것에 김참판은 저윽 불안을 느꼈다.
'그러나 저도 기생이면 화류계 계집이지 별수 있나? 돈으로 기생 부르기야 밥풀 물고 새 새끼 부르기지……'
김참판은 돈냥이나 착실히 쓰더라도 명월이만은 남에게 빼앗기지 않으리란 욕심이 났다.
그리고, 성산월이가 명월의 이야기를 듣고 잊을 수 없는 것은 사나이들처럼 그리워서가 아니라 새오노라고였다. 아직까지 자기의 적이 없었다. 송유수에게 평양기생으로 첩이 있되 그 첩보다도 도리어 송유수의 사랑을 더 많이 차지하고 있는 것은 성산월 저 자신이라, 만일 듣는 말과 같이 명월이가 절색이요 가사와 거문고와 시서화에 다 뛰어나다면 자기의 위치는 어느 만치 떨어져 버릴는지 측량할 수가 없다.
그래 파석이 되기 전에 성산월은 넌지시 그 명월을 보았다는 손님에게 귓속말을 걸었던 것이다.
"나으리?"

"왜?"

"명월이란 기생이 정말 그렇게 잘났에요? 한번 봤으면……"

성산월은 생긋이 안타까운 웃음을 띠었다. 고운 얼굴에는 새오는 것도 한 고운 표정이 되는 것이라 그 손님은 벌써 성산월의 마음에 찔리는 대답을 주기에는 잔인스러웠다.

"뭘 성산월이 앞에서야…… 거저 첨 나온 애루 좀 반반한 데다 조가 있이 구니까 나부터도 떠드는 거지……"

하고 그 손님은 성산월의 손을 잡았다.

"나―리두! 그럼 왜 뭐 관홍장이가 어림없느니 상림춘이 거문고가 와도 무서울 게 없느니 하셨어요?"

"허! 기생의 귀도 오입쟁이들의 말을 깎아들을 줄 모른담? 글쎄 성산월인 걱정없어……"

"누가 걱정해요?"

하고 성산월은 다문 입을 새쭉하였다. 그리고도,

"정말?"

하고 따지었다.

"그럼, 넌 걱정없대두……"

하고 손님은 손을 놓았었다.

그러나 성산월은 마음이 놓일 리 없다. 더구나 그의 날카로운 눈치로는 송유수가 더 여러 번 명월의 이야기를 밝히지 않는 대신, 속으로는 꽁꽁이 치부해 두는 것이 역력히 보이었다.

자리가 파하자 다른 기생들은 다 가마채에 올라 손님들의 나귀와 노새의 뒤를 따라 거리로 내려갔으나 성산월만은 주인 송유수와 함께 나중까지 남아 있었다.

"영감?"

"그래."

"웬 약줄 권하는 대로 그렇게 받으세요?"

"그럼 주인 돼 먹어야 손을 권하지 않나?"

"그래두…… 난 영감 그렇게 과음하시는 걸 보면 권하는 사람들이 밉더라."

하고 성산월은 송유수의 품에 싸이며 자기의 입술까지 내려온 긴 수염을 물고 지그시 잡아다린다.

"아야! 흐흐 내 새끼……"

하면서,

"내가 술을 암만 먹기로 네 하나 시중이야……"

하고 그의 귀를 투기어 준다.

"우리 저 진달래 핀 데로 올라가요? 네?"

유수는 성산월을 앞세우고 도연한 취흥으로 꽃핀 비탈길을 올라갔다. 손들의 돌아가는 나귀 방울소리는 아직 들리나 그림자들은 보이지 않을 만치 벌써 어스름해졌다. 정자도 보이지 않을 만치 작은 봉우리 하나를 올라와서 성산월은 다복다복 피인 진달래 한 가지를 꺾어 들고,

"산유화혜 산유화야
저 꽃피어 농사일 시작하야
저 꽃 지더락 필역하게
얼럴럴 상사뒤
어여뒤여 상사뒤"

하고 산유화(山有花)를 한 곡조 불러내었다. 속에는 어서 거리로 내려가 명월이란 기생을 불러 보고 싶은 마음만 가득 찼으면서도 술은 핏줄마다 타고 꽃은 가지마다 타는 정취에 잡고 놓아주지 않는 미인이니 뿌리칠 돌부처는 될 수가 없다. 송유수는 어느 틈에 가 성산월을 안아 무릎에 올려앉혔다.

"영감?"

"왜?"

"오늘밤 이 산에서 잤으면?"

"추우면 어떡하나?"

"영감 품으로 쏙……"

성산월은 어떻게 해서라도 이날 저녁의 송유수를 놓아주지 않으려 하는 것이다.

송유수는 기어이 성산월에게 붙잡히고 말았다. 성산월의 말대로 꽃밭에서는 잘 수 없었으나, 그 대신 정자 안에 꽃을 아름으로 꺾어다 꽂게 하였다. 그리고 성산월은 그 꽃 속의 꽃이 되고 자기는 스스로 호접이 되었다.

"영가암?"

"그래."

"명월이란 기생이 그 손님 말씀 들으면 하 도저한 듯하니 우리 한번 불러다 보지 않으시료?"

"도저는 무슨 도저…… 너만한 게 또 있을 리 있니?"

"누가 아니요?"

"내가 알지?"

"보시지도 않구?"

"보나마나지."

하고 송유수는 다른 데서와 달라 이렇듯 그윽한 산 속에서 단둘의 정담이라 손에 익은 성산월이건만 처음 접촉하듯 새삼스런 풍정을 느끼었다. 그래서 성산월이가 고지식하게,

"명월이가 암만 이쁘드라도 제게 정을 끊지 않으시지요?"

하고도 묻는 말에,

"이르다 뿐이냐? 또 제가 잘났으면 얼마나 잘났겠니? 너만이야 하겠니? 너야말로 변치 말아다구."

하고 우선 급한 정욕에서 어느 말이 참말이요 어느 말이 거짓말인 것을 구별할 여유 없이 나오는 대로 지껄이었다.

"그럼 영가암?"

"왜?"

"우리 명월이 한번 불러다 봅시다."

"그리자꾸나. 네가 과연 활달한 기생이다."

하고 송유수가 쓰다듬어주는 바람에 성산월은 으쓱해질 대로 으쓱해졌다. 사실 자기도 어느 만치가 아니라 십분의 자신은 있다. 인물에도 절색이란 말이 과할 듯하나 출중하다는 말만은 좀 부족해 하는 자기요 가사나 거문고나 그림도 사군자(四君子)는 송도에선 아직까지 자기를 누를 기생이 없었다. 한양이나 서경(平壤)으로 가더라도 인물이면 인물 한 가지, 거문고면 거문고 한 가지, 서화(書畵)하면 서화 한 가지지 그것들을 한 기생에서 다 고르기란 어려운 것이다. 설혹 명월이가 타고난 인물은 자기보다 혹 나을지도 모르지만 여염규수로 가사 서화 현악을 다 고르게 닦았을 겨를이 없을 것이다. 그 겨를이 있기 전에 한번 부딪쳐 납작하게 눌러놓으리라하는 야심과 자존심이 성산월에게 타올랐다.

"내일 우리 명월이 불러볼까요?"

"그럴까."

"오늘 오셨던 손님 모두 오시게 해 주세요."

"그래."

"그까짓 내가 한번 납작하게 눌러놀 테야."

하고 별렀다.

송유수는 이래도 좋고 저래도 좋은 일이다. 성산월이가 우선 질투로 얼굴이 타는 것은 생꽃에 불이 붙는 것 같아서 가련한 맛이 더 귀여웁고 과연 명월이란 기생을 눌러만 놓는다면 성산월이가 부중이 다 아는 자기의 애기인 것만치 그것도 또한 자기의 자랑이 될 것이다. 그리고 만일 성산월이가 명월이에게 도리어 눌려 버린다면, 그런댔자 송유수의 마음은 눈꼽만치도 아플 것이 못된다. 도리어 신던 신 한 켤레를 벗어던지고 새 신을 사는 쾌락이 그 앞에 놓일 뿐이다. 송유수는 성산월의 계획을 쾌히 용납하여 그 이튿날로 이번에는 채하동(彩霞洞)에 있는 정자에다 놀이를 차리었다.

이날, 한낮이 겨워 진이는 송유수가 특히 호사차림으로 꾸며 보낸 나귀를 타고 집을 나섰다. 큰 놀이에 가보기는 이것이 처음인 만치 진이도 가슴이 몹시 두근거린다. 더구나 유수의 연석이라 자기의 뜻을 바쳐 아직 순백한 채 있는 몸을 물들여 아깝지 않을 만한 사나이는 이런 자리를 떠나 다른 데서 구하기 어려울 줄을 아는지라 자기가 남에게 보여지려 가는 것보다 자기가 남을 보러 가는 긴장도 없지 않다. 그래 가슴이 두근거린다.

성산월이는 이날 식전부터 서둘렀다. 전장(戰場)으로 나가는 장수와 같았다. 그가 이날에 갑자기 차릴 무기(武器)는 화장뿐이라 향수에 목욕까지 하고 머리를 감아 빗고 분세수를 몇 번씩 고쳐 하고 속속들이 비단옷과 옷고름마다 청옥, 밀화, 산호 등 패물을 이것저것 내어놓고 제일 빛나는 것으로 골라가며 머리에도 더 꽂을 자리가 없을 만치 꼬지개를 담북 실었다. 그리고 주빈석과 빈객석이 다 차고 난 뒤에 여러 사람이 자기를 기다리느라고 눈이 빠질 즈음에 여봐라 하는 듯이 목소리 좋은 나귀를 울리며 들어설 작정이었는데 그만 제김에 지쳐서 더 해가 높기를 기다리지 못하고 손님이 반의 반도 모이기 전에 들어서고 말았다.

다른 기생들도 거의 다 어제 꽃놀이에 와서 명월의 이야기가 난 것을 알고 간 기생들이라 으레 그 절색이요 절창이라는 명월이가 올 줄로 짐작하였던지 성산월이만치는 덤비지 않았겠지만 확실히 다른 날보다는 몸치장에 애들을 쓴 것이 뚜렷하다. 어떤 어리석은 기생은 도리어 귀신각시처럼 숭해 보이도록 분과 연지를 짙게 발라 동무기생들의 웃음을 사기도 했다.

명월은 제일 나중의 기생으로 들어섰다. 하인이 명월이가 들어온다고 알리자 만좌는 갑자기 찬물을 끼얹은 것처럼 조용해진다. 성산월은 벌써 그 조용해지는 것부터 아니꼬와서,

"저 홍도화에 나비를 봐."

하고 소리를 내었으나 한 사람도 그 소리엔 대꾸를 하지 않는다.

명월이가 들어왔다. 나타났어도 잠시는 좌중이 빈 듯하였다가야 송유수가 먼저 그 긴장했던 빛을 얼른 감추며,

"올라오기 더웠겠다."

하였다.

명월을 보자 성산월은 얼른 마음을 놓았다. 어떻게 보았던지 이내 속으로,

'저까짓 것······'

하고 얼굴을 굳이 딴 데로 돌리었다.

첫째 성산월의 눈에 업수여겨 보인 것은 명월의 복색과 패물이

다. 얼른 보아 무슨 감인지는 모르겠으나 노리개 하나 차지 못한 흰 저고리에 옥색치마, 머리에도 이렇다 할 꼬지개 하나 보이지 않는다.
 '제가 명기라면야 저다지 궁쪼가 흐를 리가 있나?'
하는 재빠른 생각이 그렇게 쉽사리 성산월의 마음을 느꾸게 하였다.

 그러나 복색이 단조하다고 첫눈에 내려다본 것은 자기의 속단임을 성산월이도 이내 깨달았다. 두번째 바라볼 때부터는 명월이가 흰저고리와 옥색치마에 옥가락지 하나밖에는 낀 것이 없되, 그 청초한 담장(淡裝)에 도리어 자기들의 현란한 성장(盛裝)을 잡초같이 짓밟는 듯한 위압을 느끼기 시작했다. 비단옷과 노리개가 없어서 입고 차고 하지 못한 것이 아니라 잘나지 못한 계집이 옷이나 패물로 꾸리는 것이지 나 같은 사람에겐 금수패옥(錦繡貝玉)이 다 군것이라는 듯한, 초연히 솟는 데가 있는 것이다.
 성산월은 자기가 몸치장에 애쓰고 온 것을 스스로 무안해 하면서 가만가만 곁눈으로 명월의 얼굴 생김도 뜯어보기 시작했다. 뜯어보고 날 때마다 풀이 꺾이었다. 자기가 겨누고 자리를 다툴 것은 별인데 명월은 그의 이름처럼 별이 아니라 뚜렷한 달인양스러웁다. 손님들의 동정도 살펴보곤 하였다. 살펴볼 때마다 성산월은 가슴이 빠지지해 들었다. 송유수까지도 명월에게는 기생으로 다루는 솜씨는 어따 두고 귀부인으로 모시려 드는 눈치가 보였다.

'인물엔 내가 이기지 못하겠다. 그러나 인물만이 기생이랴드냐, 어디 보자.'

성산월은 속심을 다시 한 번 단단히 차리고 옆에 앉은 가객(歌客)을 꾹 찔렀다.

그리고 귓속으로,

"이따 어려운 가사 당신 아는 대로 다 내놓으시오."
하고 눈을 끔벅하였다.

가요(歌謠)가 시작되기 전에 풍류(風流)가 벌어졌다. 율객(律客)과 공인(工人)들이 제자리만큼 앉아 있되, 혹시 손님 중에나 기생 중에 관현(管絃) 즐기는 이를 위해 으레 가야금, 거문고 같은 것은 여벌이 준비되어 있다.

성산월은 늘 다루어 본 거문고들이라 그중 좋은 것을 자기가 먼저 차지하고 다음으로 좋은 것을 동무 기생에게 주고 명월이 차례로는 제일 헌 거문고가 가게 하였다.

그러나 우조(羽調) 계면(界面)을 차례로 타 내려갈 제 제일 운치 있는 소리는 성산월의 술대에서가 아니요 또 어느 율객의 술대에서도 아니요 가장 헌 거문고를 안은 명월의 술대에서 튀어오르곤 하였다. 앉음앉이부터 보기 단편스러웠고 그러면서도 거문고를 타기만 하는 것이 아니라 스스로 그 풍류 속에 흘러 거문고와 몸이 하나이 되어 버리는 듯한 경지에 가는 것이 성산월은 커녕 유객들을 제쳐놓고 명월이었다.

풍류가 끝이 나자 송유수는 상찬할 말을 잊고 이윽히 수염만

끄덕이다가,

"그만하면 국수(國手)의 솜씨로다!"
하고 자기 옆으로 가까이 와 앉으라 하였다.

송유수의 맞은편에는 어제와 같이 명월의 시아버지가 될 뻔한 김참판이 앉아 있었다. 그래서 옆으로 보는 송유수보다도 마주보는 김참판이 더 자세하게 명월을 볼 수 있게 되었다.

김참판은, 벌써 눈이 어두워선 어떡하게, 하였지만 무엇이고 잠깐이라도 골돌히 들여다보면 이내 가벼운 현기를 느꼈다. 그 현기 때문인지는 몰라도 처음엔 명월의 얼굴이 어디가 이쁜지를 얼른 붙잡을 수가 없었다. 눈인가 하고 보면 푸르고 기름송이처럼 흐르기는 하되 그 눈이 그 얼굴에서 뛰어나지는 않는다. 코인가 하면 코도, 입인가 하면 입도, 결코 어느 한 가지가 그 얼굴에서 내노라 하고 올라솟아 뵈는 것이 없다. 성산월이를 보면 그 언제 보아도 생글거림이 떠나지 않는 입이 이쁘다. 고운 열매와 같이 식욕이 동한다. 그러나 명월의 얼굴은 어느 하나가 바싹 구미를 끌지 않는다.

그러나 그만 보리라 하면 다시 그리로 눈이 끌린다. 김참판은 명월을 바라 보지 않고 생각만으로도 차츰 가벼운 현기를 느꼈다. 한번 명월을 보자 이상한 술을 마신 것과 같다. 성산월이나 다른 기생들은 앵도나 머루와 같은 얕은 식욕을 느끼었고 그것에 아롱아롱한 애정을 깨달을 뿐이었는데 이 명월에게서는, 이 어느 것이 이쁜 것인지 하나도 붙잡을 수도 없는, 현황할 뿐인 명월에게서는 온 몸과 온 마음이 한덩어리로 그만 그에게 푹 빠지어 모든 의식을 잊어버리고 싶은 그런 무한히 큰 욕망의 세계가 부딪쳐지기 시작하는 것이다.

김참판은 부러 자리를 일어 뜰 아래로 내려섰다. 홍도화가 칙칙해 보기 싫어진다. 먼산을 내다보며 눈을 한참 쉬어가지고 뜰 아래에서 넌지시 대청을 쳐다보았다. 그리고,

"과연 절색이로다."

하고 그제야 명월이가 어디가 이쁜 것을 알았다. 다른 기생들은 어느 한 가지가 이뻤다. 이쁘지는 않더라도 다른 여러 가지가 이쁘지 못하니까 좀 나은 어느 한 가지가 그 얼굴에서 두드려져 가지고 그것이 혼자 행세를 해서 사람의 비위를 꼬드긴다.

그러나 명월은 어느 한 가지만이 드러나 행세를 부리는 얼굴이 아니다. 모두 이쁘다. 모두 완전하다. 이쁜 것만이 모여 한 가지씩 볼 때는 평범한 듯하되 뚝 떼어놓고 그 얼굴 전체를 한 송이 꽃을 보듯 보면 꽃 중에 어느 꽃이 그 얼굴에 가까인들 나서랴. 명황(明皇)은 귀비(貴妃)를 가리켜 말하는 꽃이라 하였지만 김참판은 명월만은 꽃으로 형용함이 부당하다 생각되었다. 꽃보다 더 고운 것이 인간이란 것을 깨달았다. 술이 서너 순배 돌아간 뒤에 가곡(歌曲)이 시작되었다.

가객들이 한 가지를 부르면 기생들은 거기에 맞는 소리로 화답을 부른다. 송유수는 아예 시작하기 전에 성산월이와 약속한 대로

밀화와 산호와 청옥으로 만든 삼작패물 한 거리를 상품으로 내걸었다. 가객의 소리에 화창할 소리가 막히는 기생은 막히는 대로 뒤로 나앉기요, 끝까지 다 화창하는 기생이 상을 타되, 그런 기생이 한 명 이상이 되는 경우엔 좌중이 그 소리를 비평하여 장원을 정하기로 한 것이다.

성산월이는 소리에 장원하는 것으로 잃어지는 인기를 회수하리라 결심하였다. 가객이야 자기와 여러 번 같이 불러 본 사나이라 한 번도 바닥을 내인 적은 없었으니까 자기가 못 들은 소리가 몇 가지나 있는진 몰라 그러되, 대개는 한번 화창해 본 범위의 것일 것을 믿었다. 그러나 마음은 졸이었다. 목청을 아껴가면서 불러나가는데 소리 스물이 넘지 않아서, 아직 고려가사(高麗歌詞)로는 올라가기도 전인데 다른 기생들은 다 물러나앉고 말았다. 뚜렷하게 성산월이와 명월의 경쟁이 되고 말았다.

좌중의 흥미는 점점 궁심해 갔다. 여러 기생이 한데 휩쓸려 부를 때와 달리 단둘이 부르는 소리라 어느 소리가 뉘 것이요 어느 소리가 낮고 못한 것이 뚜렷이 알려지게 되었다.

성산월은 이르는 명창이다. 만만한 소리일 리 없다. 가늘은 아미를 생긋거리며 잔사설 엮을 적엔 그 낭랑한 맑은 소리, 여울물 흘러가듯 하다가도 한번 소스라쳐 어깨를 떨며 목통을 뽑을 적엔 천인절벽에서 폭포가 내리질리듯 찬바람이 끼치는 듯하다.

그러나 아직 이름이 나지 못했을 뿐 명월이도 선창이다. 결코 성산월의 소리에 묻히지 않는다. 묻히지 않을 뿐 아니라 쉽게 말하면 더 듣기 좋은 소리는 명월의 소리가 되고 말았다. 왜 그러냐 하면 성산월인 무식한 소리다. 소리만 배워서 음만 외이는 소리였다. 악과 기운으로만 둘러메치듯 불러서 무식한 사람들이 들으면 잘 부르는 소리 같아도 그 가사의 정조(情調)를 충분히 이해하지 못하고 부르는 소리라 마음에서 나와지는 소리가 아니다. 악과 기운은 적되 명월의 소리에는 혼이 있었다. 그 부르는 소리의 가사를 몰이해하고 부르는 것이 하나도 없는 듯하다. 제가 그런 가사가 절로 나올 듯한 기분부터 지어가지고 시작해서 어디까지 자연스러움을 잃지 않는다. 그래 가사가 모두 또렷또렷 듣는 이의 감정을 움직여 놓는다. 그런데다 시작과 끝마침이 모두 그 가사답게 그 가사의 성질을 잘 살려 놓는다. 하물며 성산월의 소리가 막혀 버리고 말았음에랴. 성산월이가 나앉은 뒤에도 열 몇 소리를 더 부른 뒤에 도리어 가객이 막혀 버리고 만 것이다.

찬란한 삼작패물은 송유수의 손으로 그 박꽃같이 깨끗한 명월의 가슴을 장식해 놓았다.

다시 술상이 벌어지고 다시 자리를 옮기어선 서첩(書帖) 화첩(畵帖)이 벌어졌다. 글 지을 이는 글을 짓고 그림 그릴 이는 그림을 그린다.

이번에는 성산월이가 명월의 하는 것부터 보기로 하였다. 명월은 사양하다가 화첩의 맨 끝을 펼치고 사군자 중에 자기 손에 제일 서투르다 생각하는 혜란(蕙蘭)부터 한 포기를 그리었다. 그것을 보고도 성산월은 떨렸다. 완전히 낙망하여 명월의 앞에서 먹을 갈기는 할지언정 붓에 먹을 묻힐 용기는 없어, 이내 배가 아프다고 얼굴을 찡그리고 뒷방으로 숨고 말았다. 그러나 다른 날처럼 송유수는 그의 뒤를 따라 들어와 주지 않았다.

이날 황혼, 놀음이 파할 무렵 송유수는 몇 번이나 은근히 명월의 손을 잡았다. 어제 성산월과 더불어 산장(山莊)에 남은 흥을 오롯이 누렸듯이 이날은 명월과 더불어 마찬가지의 순서를 가지고 싶었다.

명월은 송유수가 무안하지 않으리만치 살며시 제 손을 찾아오곤 하였다. 그럴수록 송유수는 피가 뜨거워졌다.

눈에는 술기운도 있으려니와 붉은 핏줄이 두어 금씩 건너 질리었다. 나중에는 손님들을 쫓아버리듯 급히 파석을 시키고 어엿하게 명월만은 자기와 함께 남아 있기를 청하였다.

그러나 명월은 다른 손님들이나 다른 기생들이 저희들이 타고 온 교군이면 교군, 말이면 말, 나귀면 나귀에 올라앉듯이 자기도 자기가 타고온 나귀를 찾아 올라앉고 말았다.

다른 사람들의 면목이 있는 데서라 송유수도 나귀의 등에서까지 명월을 끌어내리지는 못하였다. 그대신 자기도 산남여(山籃輿)를 다른 손의 말과 바꿔 타고 명월의 나귀를 따라섰다.

김참판은 처음부터 명월과 송유수의 동정을 살피던 김이라 송유수의 암약을 눈치채지 못하고 있었을 리 없었다. 명월이가 송유수에게 손을 잡힐 때마다 가슴 속에 뭉클하게 치미는 것이 있어 입술을 부르르 떨었다.

 이 고을 일경에서는 생사여탈(生死與奪)을 마음대로 할 수 있는 현직 송도 유수에다 한축으로 늙어가기는 하나 계집들의 날카로운 눈으로 따지고 보면 십 년 하난 자기보다 젊어보이는 송화영이다. 무얼로 보나 당하기 어려운 적이다. 그렇다고 명월을 단념하자니 그것은 한 개 계집을 단념함이 아니라 자기의 남은 인생 전부를 단념하는 것이나 마찬가지로 어렵다. 그렇게 큰 고독이 되는 것이다. 명월을 한 번 보는 것으로 자기의 인간 애욕의 종국을 지으려는 김참판에겐 결코 기생 하나를 빼앗기고 안 빼앗기고 하는 문제가 아니다.

 김참판은 송유수가 틈틈이 명월을 따로 돌려 자기와 함께 정자에 눌러앉히려는 것을 보고 마음이 한 줌 만큼씩 졸아들었다. 그러나 무어라고 가탄할 재주는 없는 것이라 보아도 못 본 체하거나 보다가 송유수의 눈과 마주치면 떨리는 입으로라도 억지로 씩—웃어 버렸을 뿐이다. 그러나 속은 닳고 가만히 앉았을 수는 없어 친구들을 꾹꾹 찔러가지고,

 "송공이 너무 여색에 밝거든!"
또는,
 "거기 밝고 정사에도 밝기 어렵지……"
하였을 뿐이다. 그러다가 마침내 송유수가 명월을 놓치고 마는 것을 보고는 그제야 후—하고 참았던 숨을 몰아쉬었고, 허리띠가 너

무 졸린 것도 그제야 깨닫고,

'과식을 했나보다.'

하면서 늦꿔 놓았다.

송유수처럼 명월의 뒤를 따르며 수작을 하면서 내려오지 못하는 만큼 김참판은 은근히 용심을 하여 명월의 앞이나 다른 친구에게 빼앗기지 않기로 했다. 그래가지고 명월이가 송유수와의 이야기가 끝나는 틈마다 명월의 비위에 맞을 만한 화제를 생각해 가지고 마상에서라도 몸을 틀어 돌리곤 하였다.

그러다가 이번에는 명월이로부터 말[馬] 이야기가 나왔다. 일행 중에서 김참판의 말이 제일 좋았다. 점 하나 없는 순백말인데 골격이 다락같고 부드러운 갈기는 갈꽃같이 눈이 부시게 흩날린다. 걸음걸이 울음소리가 모두 무리에서 뛰어나다.

"영감 타신 말 영감 댁에서 멕이는 말입니까?"

명월이가 물었다.

"그럼……, 너 말을 좋아하느냐?"

하고 김참판은 절렁거리는 말방울 소리에 소리를 높이어 대답과 함께 묻는다.

"네, 그말 참 명마(名馬) 같습니다."

하니 이번에는 뒤에서 송유수가,

"흥, 김참판 그 말은 내한테 값을 내야 하오."

하고 웃는다.

"그게 무슨 말씀입니까?"

명월이가 가운데서 물었으나 그들은 그것은 설명하지 않고 김참판이,

"너 그럼 내 말 한번 타보련?"

한다.

"사납지 않습니까?"

"아주 순마지. 사나우면 대사냐 견마잽혔는데."

하고 김참판은 말을 세웠다.

"정말이십니까?"

"이건 정말이 아니라 백말이로다. 어디 백마상의 명월일 좀 보자."

하고 부적부적 김참판은 말을 내렸다. 그리고 명월의 나귀와 바꿔 타고 보니 송유수만 명월의 뒤를 놓치고 김참판이 뒤를 따라야만 되게 되었다.

"네가 백마를 타니 더 볼만하고나. 어즈럽지 않으냐?"

김참판이 물었다.

"아—뇨. 전 이렇게 높직한 게 시원해 좋습니다."

"그 말이 맘에 드느냐?"

"듭니다. 이런 말 나면 저도 한 필 사고 싶습니다."

"그게 제줏말인데 그런 순백모는 드물다는 거다."

하고 김참판은 이 길에서 큰마음을 먹은 듯 명월을 자기의 말에 태운 채 그의 집까지 돌아가게 하였을 뿐 아니라 이날밤으로 안

장을 안사람에게 맞는 더 호사스러운 것으로 갈아가지고, 이 말을 너에게 아주 주니 받아달라는 간단한 서찰과 함께 명월에게 돌려 보낸 것이다.

  그리고 이 이튿날 아침부터 자기의 심복인을 보내어 명월을 꼬이기 시작하는 것이다.

  아직 계집으로 어리고 숫된 명월의 마음 속엔 양반들에게 대한 앙심이 박힌채로 있었다. 참판이란 말에 더구나 성이 김가라는 말에 처음부터 명월의 귀는 무심했을 리가 없다. 또 김참판도 자기의 체모를 생각해서 변성까지는 하지 않으나 이름과 지체를 숨기어 명월로 하여 자기의 정체를 모르고 사귀도록 주의하였다. 그러나 명월이는 명월대로 주의가 있는지라 이내 이 김참판이 자기를 절름발이 양반이라 퇴하여 버린 그 시애비 될 뻔한 김참판과 동일인인 것을 알아내었고 어떻게 해서나 자기가 당한 몇 갑절의 무안을 주리라 벼르게 되었다.

  송유수는 송유수대로 급하게 받치었다. 채하동 놀이의 상급으로 아직 다른 기생에게 전례가 없이 후한 것을 보냈다. 여러 번 친히 먹을 갈아 비린내가 끼칠 듯한 정욕에 끓는 서찰을 보내보았다. 그러나 명월은 공공한 자리가 아니면 김참판에게와 같이 무슨 핑계를 하여서라도 가지 않았다. 견디다 못해 송유수는, 하루는 밤을 타서 명월의 집을 찾아왔다.

  이때, 명월은 자기집 뒷밭을 사고 조그만 초당 하나를 정갈하게 지어놓고 어머니와는 담장 하나를 격해 살고 있었다. 그래서 찾아오는 손님이면 얼마든지 조용히 응대할 수가 있었다.

송유수는 명월의 처소가 이렇듯 호젓한 것을 보고 심중에 대단히 흡족하였다.

명월은 있던 모양으로 뜰 아래까지 내려서 맞았을 뿐, 손님이 왔다 해서, 더구나 이 고을에선 제일 존엄한 이가 왔다 해서 조금도 덤비거나 몸치장을 내거나 방을 치우거나 하지는 않았다. 방은 새삼스레 치울 것이 없이 정갈하였고 얼굴과 복색도 언제나 깨끗한 담장일 뿐 누구를 위해 연지를 바르거나 비단옷을 걸지 않았다. 그렇건만 그의 얼굴은 늘 닦은 옥과 같이 윤택하였고 그가 머무는 곳에는 늘 꽃이 핀 듯 맑은 향기가 그윽히 어리었다.

"너를 부르다 못해 내가 오고야 말았구나! 이리 좀 가까이 앉으렴?"

송유수는 뜨끈뜨끈한 손으로 명월의 손을 이끌었다. 그리고 다문 입을 찡긋거리며 게슴츠레한 눈웃음을 쳤다.

명월은 소름이 오싹하였다. 일생을 처녀대로 무슨 정절을 세워 지키려는 바는 아니다. 아니기 때문에 아니로 한번 호탕히 인생을 즐겨보기 위해 기생으로 나선 것이다. 구태여 질겁을 해 감추려는 정조는 아니다. 그러나 또한 무엇을 얻기 위해 구구히 화장에 전락된 몸도 아니다. 돈을 얻기 위해서나 권도에 의지하기 위해서 내놓은 몸은 결코 아니다. 내가 즐길 수 있는 사나이면 돈이 있건 없건, 권도가 있건 없건, 받음이 있건 없건, 도리어 내것을 주면서라도 더불어 즐길 것이로되, 내가 한번 싫은 사나이면 그와는 영구히 빙탄(氷炭)일 수밖에 없다는 결심이 선 지 오랜 것이다.

명월은 송유수가 그리 싫은 사람은 아니다. 그가 공공한 자리에서 불러도 응하기 싫을 만치 그렇게까지 문제되는 인물은 아니다. 그래서 채하동 놀이에도 갔었다. 그가 차리는 놀이만은 점잖은 선비들도 모이는 자리니 함께 가서 놀고 싶은 것이나 개인으로 그가 딴 욕심이 있어 부를 때에는 놀이 아닌 다른 것을 같이 즐기러 가기에는 싫은 사람이었다. 그래 은근히 혼자 부르는 자리에는 한 번도 가지 않았을 뿐 아니라 적잖은 불유쾌를 느끼곤 하였다.

"영감 아마 약주 좀 취하셨나 봅니다."
하고 명월은 제자리에서 움직이지 않는다.
"약주? 난 네게 취했어…… 네가 내 옆으로 안 와? 그럼 내가 네 옆으로 가마꾸나 흐흐 고것……"
하면서 우람한 송유수는 지그시 명월의 옆으로 다가든다.

명월은 모닥불이 전신에 홱 끼치는 것 같다. 송유수의 처음부터 서두는 품이 결코 호락호락히 물러날 기세는 아니다. 송유수의 손은 어느 틈에 명월의 허리를 돌았다. 명월은 징그러운 버러지의 감촉을 느끼며 진저리를 쳤다. 암만 생각해 보아도 송유수는 자기에게 징그러운 사람이다. 마음에 없다. 정을 쏟고 싶은 사나이는 아니다. 자기가 싫은 사나이에게 몸을 주물리는 것은 아무리 남녀 간 자연의 이치라 하더라도 쾌락일 수는 조금도 없다. 쾌락이 아님을 견디고 받는 것은 의미 없이 몸만 더럽힘이다. 그렇다고 항거할 완력은 없다. 소리를 지르자니 송유수의 체면도 있다. 명월은 몇 번이나 좋은 낯으로 옆으로 물러 나앉곤 하였다.

"너 내가 싫으냐?"

송유수는 이글이글한 눈으로 애원하듯 묻는다.

"이러시는 건 싫습니다."

하고 명월은 나직이 대답한다.

"그럼 어찌는 것을 너는 좋아하느냐?"

"점잖으신 풍도를 헐지 마시면 전 어떤 좌석에서나 즐겁게 모시겠습니다."

"글쎄말이로다. 산 사람 모신다는 게 별것이냐? 즐겁게만 해주려무나. 나 하자는 대로만 들으란 말야. 알아듣겠니?"

"그 말을 제가 알아듣기 전에 제가 여쭐 말씀부터 살펴주세요."

하고 명월은 태연하다.

"허!"

송유수는 바둑판에 한 손을 던지더니 한 손가락으로 탕— 울리었다. 그리고 잠깐 침이 걸어진 입 안을 다시고 나더니,

"명월아?"

하고 음성을 고쳐 부른다.

"네."

"너 나와 바둑 두련?"

명월은 반가이 바둑판을 옮겨다 놓고 송유수와 마주앉았다.

그러나 송유수의 눈과 마음은 바둑에 있을 리가 없다. 불빛에 마주보는 명월의 얼굴의 모든 것, 어느 한 가지 반 가지가 송유수의 정욕을 그냥 두는 것이 없다. 멍청하니 앉았다가,

"어서 두십시오."

하면 그제야,

"너 어디 놓았지?"

하고 묻는다.

"이 점입니다. 어딜 보시고 계셨어요?"

하면,

"네게 눈이 팔렸드랬구나!"

하고 다시금 명월이만 건너다보다가, 그러기를 더 몇번 하지 않아서,

"너 깨물어 먹어도 시원치 않겠다……"

하고 바둑판을 옆으로 밀어 버리고 만다. 그리고 그 화끈거리는 입을 명월의 얼굴로 가져오다가 넓은 갓양태부터 명월의 이마에 부딪치니 갓을 벗어버린다.

이다지도 자신을 갖고 대담하게 또 능란하게 덤벼드는 사나이를 처음 당해보는 명월이는 하는 수 없이 약한 자의 무기를 내세웠다. 그것은 눈물이다. 생각하면 이 눈물의 절반은 진정한 눈물이기도 하다. 명월이가 갑자기 낯빛을 달리해 가지고 눈물을 흘리니 아무리 야수와 같이 자기 욕기에만 불타던 송유수의 눈도 새삼스런 서릿발에 부딪치지 않을 수 없는 것이다.

"너 울지 않느냐?"

"네……"

명월은 떨리게 대답한다.

"무슨 까닭이냐? 슬퍼 우니 즐거워 우니?"

송유수는 행여나 행복의 감격에서 넘쳐나오는 눈물이기를 바란다.

"즐거워 우는 사람이 어딨습니까?"

명월의 뺨 위에는 또 몇 방울의 눈물이 쭈르르 굴러떨어진다.

"그럼 슬퍼 우는 게로구나? 무엇이 슬프냐?"

"……"

"어서 말해라…… 옳지!"

하고 유수는 무엇을 깨닫는 듯 무릎을 친다. 그리고 비로소 정색을 하면서, 약간 뒤로 물러앉더니,

"네 속에 무슨 원한이 있느냐? 내게 말해라."

하는 것이다. 그리고 미처 명월이가 대답하기 전에 자기 말을 계속한다.

"네 속에 옛일이고 지금 일이고 간에 무슨 원통한 일 당한 게 있느냐? 있거든 소회대로 내게 일러…… 내 대역도모만 아닌 담엔 무어던 네 청대로 이뤄줄 게니?"

명월은 속으로 웃음이 나왔다. 그러나 침착한 입으로 대답한다.

"황감합니다만 전 사또께 무슨 권한을 빌 일이 있는 건 아닙니다."

"그래?"

유수는 다시 놀라는 빛이다.

"전 아직 미거한 탓이온지 화류장이라고 해서 이다지 인끔이 없을 줄은 몰랐습니다."

"그게 무슨 말인고?"

"아마 기생을 그만둘까 합니다."

"……"

유수는 이윽히 궁량하는 빛을 보이더니 또,

"알았다."

하고 머리를 끄덕이는 것이다. 그리고 이번에는 다시 명월의 옆으로 다가앉더니,

"내 바른대로 말하마. 내 시방 너 아쉽기가 병인으로 이르면 명재경각이야. 내 오늘밤 네게 와 있는 걸 알 사람이 누구냐? 그런즉, 이 밤은 이 밤대로 지내고 내 날이 밝는 대로 행매육예(行媒六藝)야 갖출 새 있겠냐만 네 면목이 과히 꿀리지 않을 만치는 설연을 하고 어엿하게 장가를 들어주마. 이다지 급하게시리 타박을 말아다오."

하고 놓았던 명월의 손을 다시 잡는다.

명월은 젖은 눈을 꼭 감았다가 떠가지고 송유수를 쳐다보았다. 자기의 뜻이라면 으레 이루어질 줄로 자긍하는 양이 처음부터 아니꼬웠다.

"전 도모지 그런 뜻이 아니올시다."

하고 눈물을 거두며 대답하였다.

"그런 뜻이 아니라니?"
송유수는 또 눈이 두리두리해진다.
"전 어느 한 제아비를 위해 주렴 속에 앉고 싶진 않을 뿐더러 또 일시로라도 마음에 없는 사나이를 사석에서 모시고 싶지도 않습니다."
"그래? 허……"
"마음에 없는 잠자리 시중까지 들어야만 하는 것이 기생의 본분이라면 그렇다면 기생을 고만두겠다는 뜻이올시다."
"맘에 없는……"
송유수는 상투 끝이 쭈뼛하였다. 일찍이 계집에게서 이런 무안한 또 무서운 소리를 들어본 적은 없다. 꾹 다문 입에서는 한참동안 아래윗수염만이 가늘게 떨었다. 이렇게 분노가 치밀을 때 송유수는 입에서 떨어지기가 바쁘게 곧 법이 되어 행하여지는 자기의 호령을 참아본 적이 없다.
그러나 관자놀이가 욱신거리는 분노를 송유수는 눈을 딱 감고 삼켜 버린다. 달밤에 보는 국화처럼 툭 건드리기만 하여도 얼음 같은 이슬을 뿜을 듯한 명월이 한마디 호령으로 분풀이나 해 버리고 말기에는 너무나 아쉬운 데가 있다. 청해서 이루어지지 않으면 빌어서라도 이루어지기만 바랄 수 밖에 없다. 길가에 피었으되 만만히 꺾을 수 없는 꽃임을 알았다. 거기에 도리어 흥미는 커진다.

송유수는 갓을 다시 쓴다. 그리고 잊어버렸던 점잖은 목소리를 내어,

"네 말 잘 알아들었다."

하였다. 이에 명월도 낯빛을 고치고 자리를 다시하여 간소한 주과(酒果)로 송유수를 대접하였다. 그리고 이런말 저런말 끝에 김참판에게서 말을 받은 이야기도 하였다.

"저런, 거 김참판이 큰맘 먹었구나!"

송유수는 놀라웠다. 놀라울 뿐 아니라 대뜸 질투가 일어나는 것을 감추지 못하였다.

"그 늙은이가 네게 딴생각이 있는 게로구나! 그래 넌 어떻던?"

하고 물어본다.

"좋아합니다."

하니,

"뭐?"

하고 송유수는 얼굴이 핼쑥해진다.

"그럼 사또께선 좋아 안하시겠습니까?"

"좋아하다니?"

"그렇게 보기 좋고 타기 좋고 한 말을 그럼 싫어하세요?"

"오! 말 말이냐?"

하고 그제야 송유수는 얼굴빛이 제 빛대로 돌아오면서 그 말이 워낙은 김참판의 것이 아니라 어느 장사치의 말인 것과 김참판이 탐을 내어 자기에게 청하기에 문서도 없는 것을 전 조상의 빚이

있다 하고 강제로 빼앗아 준 것까지 말하였다.
 "그럼 남의 말을 빼앗어 절 준 셈이군요?"
 "그럼! 그 영감이 당길심이 여간인 줄 아니? 공으로 생겼기나 하게 널 준게지."
하고 송유수는 일찍이 어느 자리에서 한 일이 없는 김참판의 험담까지 늘어 놓는다.

 험담을 들을수록 김참판에게 없는 정도 떨어질 뿐 아니라 친구의 험담을 계집 앞에서 남남히 지껄이고 앉았는 송유수까지도 치신 있는 사람으로 보이지 않았다.
 '계집의 정을 끌기 위해서는 친구도 체모도 돌보지 못하는 것이 사나이들인가? 그만 체모는 지녀야 할 양반들이……'
생각할 때 명월은 사나이들처럼 주무르기 만만한 것도 없구나 싶어진다. 사나이들이 생각던 것보다 너무나 무섭지가 않음에 도리어 서운하기도 하다.
 '좀 무서운 사나이가 나타났으면! 아니 좀 못 견디게 만져보고 싶게 귀여운 사나이라도 나타나 주었으면!'
하는 사나이에게 미치도록 반해보고 싶은 정열도 불타올랐다. 그래서,
 '나는 어떤 사나이면 흡족할 것인가?'
를, 송유수가 자기의 비위만 맞추다가 돌아간 뒤에 혼자 누워 자기 자신에게 물어보는 것이다.

'첫째 내가 사랑할 수 있는 사나이.'

하고 명월은 오래 생각할 것도 없이 대답한다. 차라리 나이는 자기보다 한두 살 어릴지라도 아직 소년다운 애티 있는 사람, 인물이 깨끗이 트이고 재기가 떨치고 아직 사랑의 한 끝을 어머니의 품에 박은 채 비로소 이성에 눈뜨려는 순정의 사나이를 한번 사귀어 보고 싶다. 저쪽의 사랑을 자기가 받기 위해서가 아니라 이쪽에서 저쪽을 울리기도 하고 달래기도 할 수 있는 그런 사랑의 포로를 한번 가져보고 싶은 것이다. 명월은 방긋이 자기를 웃고 이어,

'둘째로는 서로 사랑할 수 있는 사나이다.'

하였다. 계집 하나로 속이 꽉 차 버릴 그런 사나이가 아니라 뛰어들면 바다처럼 시원하고 술 마실 줄 알고 풍류 풍월 다 한 자리 꾸릴 줄 알고 멋을 멋대로 부릴 줄 알아 저도 날 사랑하고 나도 절 사랑할 수 있는 그런 호협남아가 그립기도 하였다. 그리고,

'셋째로는 내가 사랑을 받고 싶은 사나이.'

하였다. 학식으로 보든 인망으로 보든 풍도로 보든 무얼로나 어마어마하게 우러러보이도록 높이 솟은 사나이에게 폭 기어올라 안기어서 때로는 피곤한 인생을 어린아이처럼 쉬이고 싶은 생각도 나는 것이다.

'내가 사랑하고 싶은 사나이?'

명월은 눈을 감고 그런 사나이부터 찾아본다. 머릿속에 아직은 그런 사나이가 들어 있지 않았다.

'저와 나와 서로 사랑할 수 있는 사나이는?'

명월은 또 눈을 감고 찾아본다. 머릿속에는 아직 그런 사나이도 들어있지 않는 것이다.

'그럼 내가 사랑을 받고 싶은 사나인?'

명월은 역시 눈을 감고 머리 속을 뒤지었으나 김참판이나 송유수 같은 이도 그런 사나이 그런 사내 어른은 결코 아니었다.

명월은 잠이 오지 않는다.

'벌써 밤이 깊었구나!'

명월은 촉대를 쳐다보았다. 새로 켜놓았던 황초 한 자루가 다 닳아들었다. 닳아들수록 촛농은 더 탐스럽게 흘러내린다.

이개(李塏)의 노래가 생각난다. 촛불은 마지막 기운을 쓰는 듯 불방울이 배나 커지면서 몸은 다 녹아 버린 심지만이 쓰러진다. 불은 갑자기 눈을 감듯 파르스름한 불심만이 파르르 떨더니 방안이 어두워지고 만다.

불티 하나 볼 수 없게 아주 어두워지고 말았을 때, 명월은 자기의 팔을 자기의 손으로 두어 번씩 쓸어보았다. 매끄러우면서도 따끈따끈한 피부, 피부는 자기 살 아닌 살을 소근소근 부르는 것 같다. 나지막한 소리를 내어 이개의 노래를 불러본다.

"방안에 혓는 촛불 눌과 이별하였관대
겉으로 눈물지고 속타는줄 모르는고
저 촛불 날과 같아여 속타는줄 모르더라"

방 안은 다시 고요해졌다. 저로 인해 죽은 그 이름도 얼굴도 모르는 총각의 생각이 이런 때면 어느 방에 숨어 있다가 문을 열고 나서는 듯하였다. 명월은 발길로 이불을 휩쓸어올리어 가슴이 부듯하도록 안아본다.

'날 그리다 죽은 사람! 날 죽게 하는 님은 없는가?'

명월은 님이 그리웠다. 아직 누구일지 모르는 님이 몸이 뜨겁도록 그리웠다. 어느 놀이 좌석에서나 또 이날 저녁처럼 찾아온 손님과 더불어서나 그 사나이들의 끈기 있는 애욕과 한참씩 부딪치고 나면 아무리 직접 그네들과 마음이 없었더라도, 뒤에 혼자 남은 외로움은, 늘 견디기 어려울 만한 흥분을 가져오곤 하는 것이다.

"애정? 너는 대체 무엇이길래 나를 이처럼 괴롭히니?"

또,

"사람은 너를 도외시하고는 복락의 길을 얻을 수 없단 말이냐?"

다시,

"너는 과연 우리의 꽃다운 목숨을 통째 바쳐도 아깝지 않을 만치 그다지 존귀한 것이냐?"

명월은 어두운 밤 속에서 굶은 짐승과 같이 고요하려 하지 않는 애욕과 더불어 중얼거려 보는 것이다.

잠은 더욱 오지 않는다. 어느 집에선가 첫닭 우는 소리가 난다. 명월은 싱숭거리는, 상대도 없는 정열을 가라앉혀 보려 또 가사 하나를 나직이 불러본다.

"춘수는 만사택하니 물이 깊어 못 오던가 하운이 다기봉하니 산이 높아 못 오던가 어데를 가고 날 아니 와 보고 어허야……평풍에 그린 황계 두 나래를 둥덩 치며 사경일점 날새라고 꼬끼요 울거던 오려는가……"

명월은 팔이 쩌릿쩌릿하였다. 다리를 들면 다리도 쩌릿쩌릿하다. 팔, 다리, 허리, 등허리, 모두 피가 아니요 애욕만이 차서 서물거리는 것 같았다.
'이래서 화류장 계집 치고 난치 않기 어려운가 보다!'
하고 명월은 스스로 얼굴이 화끈함을 느끼었다.

이렇듯 명월의 남성에 대한 흥미가 비 뒤에 산나물 자라듯 하는 즈음, 김참판이 사사로이 만나려다 못해 하루는 시회(詩會)를 여니 와달라 청하였다.
명월은 김참판이 준 백마를 타고 시회가 열린다는 송악산의 어느 산정으로 찾아가는 길이다.
마음에 드는 사나이, 즉 사랑해 주고 싶은 사나이거나 서로 사랑할 수 있는 사나이거나 사랑을 받고 싶은 사나이거나 그런 이 중의 한 사람이 불러서 이렇게 청산 속 꽃밭을 헤치며 가는 길이라면 얼마나 흥취 있을까 생각하면서 산길을 올라가는데 어느 만치 가노라니까 늙은 소나무 아래 큰 반석이 나오는데 그 위에 아직 편발인 젊은 선비 한 사람이 앉아 있었다. 말을 멈추게 하고 가만히 서서 바라보니 무엇엔지 정신이 팔리어 버들이 그뜩 들어선 건너편 골짜기를 바라보고 있는 것이다. 명월도 가만히 그 버들 골짜기를 바라보았다. 보이는 것은 버들숲뿐인데 그 속에서 은방울 소리 같은 꾀꼬리 소리가 울려온다. 몇 걸음 다시 가서 말을 멈추고 내려다 보니 선비는 반석 위에 필낭을 끌러놓고 그 꾀꼬리 소리에서 글귀를 찾노라고 정신이 없는 것이다. 얼굴은 정면으로 보기 전이나 가만히 내려서 놀래어 주고 싶게 귀여워보인다.

그런데 말이 먼저 아무리 고삐를 뒤로 나꾸어도 콧소리를 치며 그 선비의 옆으로 다가드는 것이다. 그제야 선비는 깜짝놀라 돌아보며 붓을 든 채 일어선다. 일어서기만 하는 것이 아니라 말고삐를 잡기나 하려는 것처럼 반색을 하여 말머리 앞으로 나서는 것이다.

얼른 보아 이마가 넓고 눈이 푸르다. 명월은 처음엔 자기를 아는 총각인가 하였으나 자세히 보니 자기를 아는 것이 아니라 자기가 탄 말을 아는 눈치다.

"도련님이 누구신데 이 말을 아시나 봅니다그려?"
물으니 선비는,
"이 말은 정녕 우리집 말 같습니다."
하는 것이다. 명월은 가슴이 선뜻하였다.

그러나 아무런 눈치도 보이지 않고,
"뉘 댁 도련님이신데 이 말을 우리집 말이라 하십니까?"
물었다. 선비는 어느 틈엔지 엷게 붉은 부끄러움을 머금고 그러나

여기에 사나이가 섰노라 하는 듯이 어엿이 오관을 들고 쳐다보며 대답하기를,

"나는 학골 사는 김지학이오."

하는 것이다. 명월은 얼른 눈을 감으려다 떴다. 그리고 속으로 옳지 네가 너로구나! 하였다. 자기가 반쪽 양반만 아니었더면 두말없이 그가 자기의 남편이었을 사나이다. 너도 아직 장가를 들지 못하였구나 하면서 명월은 말을 내리었다. 그리고 잠깐 이 선비와 눈을 맞추었다. 선비는 눈이 뜨거운 듯 이내 고개를 숙인다.

"시상(詩想)을 깨뜨려 드려 미안합니다."

"별……"

선비는 벌써 말이 떨려 나온다. 너무나 황홀하다. 얼른 보아 옷차림이 담박하기에 무심코 쳐다보았더니 보면 볼수록 전신이 허공에 떠 그의 품 속으로 이끌려들어가는 듯한 어지러움을 일으키는 여자다. 선비는 몇 번이나 무엇에 홀리지 않았나 의심하는 듯 눈을 씻었다. 아무리 씻고 보아도 생후 처음 보는 황홀한 미인의 그림자는 사라지지 않는다.

명월은 말고삐를 놓고 길가에 한떨기 만발한 철쭉꽃을 꺾었다. 그리고 그 꽃과 아리따움을 다투듯 방그레 반 웃음을 지으며 선비에게 꽃가지를 내어민다. 선비는 어쩔줄을 모르고 서서 수염터가 거무스름하게 잡힌 입술만 움직거린다.

"도련님 받으시오."

그제야 선비는 떨리는 손으로 받아들어 본다.

"도련님 어디 가시는 길입니까?"

"집에 나려가는 길이오."

"댁으로?"

"네, 이 위 산정에 와 공부하다가 오늘 아버님께서 놀이 오셨기에 난 집으로 내려가는 길이오."

"하마트면 못 만나뵐 뻔했습니다그려."

명월은 싸리뜨리고 이런 말을 건넨다.

"누구를 말입니까?"

"도련님 말씀입니다."

"우리 아버님 시회로 올라가는 길이 아니십니까?"

"아닙니다."

하고 명월은 거짓말을 한다.

"네? 그러면……"

선비는 새 정신이 홱 나는 듯 한걸음 뒤로 물러서며 명월을 다시금 쳐다본다. 명월은 가만히 있어도 아름다운 얼굴을 굳이 눈에 가벼운 웃음을 담는다. 선비는 전신이 바르르 떨림을 느꼈다. 옷차림의 담소함을 보아 기생은 아닌 듯하고 그러면 여염부인일 터인데 여염부인으로 누구인데 이처럼 헤어날 수 없는 애교를 가지고 자기를 찾아오는 것인가? 또 어찌되어 자기 집 말을 타고 오는 것인가? 선비는 옛날 당나라의 시인 고변(高駢)의 애기(愛妓)였던 설도(薛濤)의 생각이 난다. 설도의 죽은 혼이 고총으로부터 다시 미인으로 화해 나와 자기의 무덤 앞을 지나는 당대의 재자(才子) 전맹기(田孟沂)를 호리었다는 옛이야기가 문득 생각나, 이 눈이 어릿해지도록 아름다운 여인도 어느 무덤에서 나온 헛것이나 아닌가 하는 무서운 생각이 들었다. 그래 반석 위로 뛰어 올라서며 높은 소리를 내어 주역(周易)을 거꾸로 외우기 시작한다.

명월은 빙그레 웃는다. 그리고 아무리 속으로는 한번 골려주고 싶은 그 김참판의 아들이지만, 네게다 원혐을 품을 내가 아니로다 하고 그의 놀라는 양만 미안스러웠다. 그래 이내 맑은 소리를 내어,

"도련님? 놀라지 마시오."

하였다. 선비는 다시 눈을 닦고 명월을 건너다본다. 확실히 사람 같다. 확실히 인간 같은데 인간 같지 않게 아름다운 여자다. 사방을 둘러보았다. 산은 산대로 숲은 숲대로 봄빛만 무르녹는다. 건너편 골짜기에서는 꾀꼬리 소리가 그저 울리고 발 아래를 굽어보던 꽃향기에 취한 벌의 소리가 그저 어지럽다.

"그러면 부인은 누구시오니까?"

명월은 잠자코 그에게로 나아가,

"나는 인간이니 놀라지 마시오. 그리고 내가 말할 때까진 내가 누구란 걸 묻지 말아 주십시오. 봉접들은 그 꽃이 무슨 꽃인지 아지 못하되 찾아와 즐기지 않습니까?"

하고 선비의 손을 잡는다.

선비는 어린아이처럼 떨었다. 그러나 그 떨림은 무서움이 아니

요, 이러한 행복이 몸에 익지 않음에 떨었고, 이 행복이 어디서 오는 것인지 그것의 불안으로 떨림이었다.

명월은 가까이 볼수록 선비가 마음에 든다. 자기보다 한 살 아래임을 분명히 아는 그의 연기, 연기에 비겨 더 어려뵈는 그의 숫됨, 자기가 사랑해 주고 싶은 사나이가 이런 사나이가 아닌가 생각해 보았다. 그런 생각을 해볼수록 귀밑이 홧홧하게 가슴이 단다. 명월은,

"도련님? 귀법사(歸法寺) 가는 길 아십니까?"
물었다.

"네 압니다. 저 지족선사(知足禪師) 계신 데 말씀입니까?"

"전 그런 건 모릅니다. 도련님과 귀법사 구경이나 가고 싶습니다."

"저와……"

선비는 얼굴이 석류꽃처럼 달았다. 명월은 곧 이 선비를 자기의 포로로 할 수가 있었다. 명월은 말 위에 올라앉았다. 선비를 견마를 잡히고 그리고 얼마를 가다가 선비를 태우고 자기가 견마를 잡기도 했다. 꽃이 좋은 데 가서는 꽃 노래를 부르고 물이 좋은 데 가서는 물 노래를 부르면서 구성을 넘어 석경(石逕) 십리길을 나아가는데 말을 내리고 말을 탈 때마다 불덩이 같은 가슴을 서로 붙안아 보았다.

"청산수첩(靑山數疊)에 벽계일곡(碧溪一曲)이라더니 물소리 산을 치는구나! 도련님? 그게 뉘 귄(句)지 아시오?"

명월은 선비를 떠보았다.

"그것 진처사 도연명(晉處士 陶淵明)의 권가 합니다."

명월은 더욱 선비가 귀여웠다.

"아까 도련님 말씀에 무슨 선사라 하셨는지요?"

"지족선사 말입니까?"

"네, 그 지족이란 이가 고명한 중입니까?"

"고명하다뿐입니까? 벌써 이십 년째 면벽(面壁)하고 앉았는데 선지(禪旨)가 놀랍다 합니다."

"보신 적이 있습니까?"

"아직 저도 소문만 들었습니다."

"유불간(儒佛間)에 고명한 이가 다 우리 송도에 계십니다그려."

"유에는 서화담(徐花潭) 말씀이지요?"

"옳습니다."

"화담은 술객(術客)이란 말을 들었습니다만."

"술뿐이면 대유(大儒)란 이름이 났겠습니까?"

이런 말도 주고받으며 좋은 반석이 나올 때는 말을 세우고 한 자리에 내리어 새삼스럽게 부끄러운 눈을 서로 돌리기도 하였다.

"그런데 어쩐 일로 누군신 걸 감추십니까?"

선비는 명월이 누구인지 알고 싶어졌다. 그 가요에 능한 것을 보아 양가부녀가 아닌 줄은 알겠으되, 말이 자기 집 말인 것을 보아 혹시라도 자기 아버지가 부른 기생이나 아닌가 의심이 나서였다.

"묻지 마시래도."

하고 명월은 이내 교태를 부리어 선비의 입을 막아 버린다. 선비의 혼은 이미 명월의 품 속에 들어가고 말았다. 일어서라면 일어서고 앉으라면 앉지 않을 재주가 없이 되었다.
"아직도 저를 요귀인가 하십니까?"
"요귀라도 항아의 곁을 떠나긴 싫습니다."
하고 선비는 명월이가 하라는 대로 그의 저리다는 팔을 주물러준다.

절에 오는 것이 본의가 아니지만 이왕 떠난 것이니 귀법사까지 말을 몰았다.
절은 비인 듯 한적했다. 한적할 뿐만 아니라 무덤과 같이 쓸쓸하였다. 대웅전의 벽이 군데군데 떨어지고 단청은 퇴색되어 주련(珠聯)의 글자들도 잘 보이지 않는다. 녹슨 풍경들이 산새들과 함께 우는데 무심한 봄 풀만이 섬돌 밑에 푸르를 뿐이다.
"고려조 넘어진 그림자가 귀법사 마당에도 비꼈구나!"
명월이가 탄식하니,
"춘초는 연년록(春草年年綠)인데 왕손은 귀불귀(王孫歸不歸)를."
(봄 풀은 해마다 푸른데 왕손은 한번 가고는 돌아오지 않는구나.)
하고 선비는 글을 읊었다. 태고연한 옛절 후원에서 신정을 속삭이는 청춘사녀, 모든 인간 업적이 꿈인 듯 흘러간 자리에서 이들이 아끼고 주저할 것이 무엇이랴. 실로,
"어찌 우리 만남이 이렇듯 늦었더란 말이냐!"

탄식이 나왔을 뿐이다. 사랑은 두 몸에서 우러날 대로 우러났다. 두 사람의 손가락 마디마디가 저리었다. 숫된 선비는 너무나 황홀함에 못 이기어 명월이가 끌어가는 뺨을 그의 뺨까지 가져가지 못하고 그의 가슴에다 묻고는 느껴 울었다. 기막히게 어리벙벙한 마음, 꽃밭에 훨썩 솟은 범나비와 같이 어지럽기도 한 행복, 선비는 오직 찬란한 꿈이었다.

"도련님?"

"네."

"내 보선 좀 뽑아주시오."

선비는 뒤로 물러나 외씨 같은 한 쌍의 발을 벗기었다.

"이 아래 물소리가 나지요?"

"네."

"거기까지 날 좀 업구 가 줘요."

선비는 명월의 앞에 굽히었다.

"무겁지요?"

"아니오. 마음놓고 탁 업히시오."

둘이는 시내로 내려가 발을 씻고 다시 지족선사의 있는 곳을 물었다. 중은,

"지족선사는 이 절에 계신 것이 아니오라."

한다.

"그럼 어디 계십니까?"

"이 뒤 산신각 뒷길로 올라가시면 지족암(知足庵)이란 암자가

나오는데 거기 계시긴 하나 저희들이 가더라도 잘 응수칠 않으십니다."

아무튼 명월은 선비를 앞세우고 지족암 길로 올라섰다.

화곡(花谷)에 사는 서경덕(徐敬德)이가 석학이란 말을 들은 지는 오래지만 귀법사의 지족이 고승이란 말은 명월은 이날에야 처음 들었다. 학문(學問)과 철리(哲理)에도 무관심하지 않은 그라 이왕 온 길이니, 그렇다고 갑자기 만나 그에게 법을 들으려 함은 아니요, 다만 외양으로라도 그의 법기(法器)됨이나 구경하고 가리라 함이었다.

길은 험하다. 명월은 몇 걸음 옮기지 못하고 선비의 손을 붙들곤 한다.

"도련님?"

"네?"

"누가 만일 도련님을 사미승(沙彌僧)으로 붙들어 앉힌다면 어떡하시겠소?"

하고 명월은 묻는다.

"사미승!"

선비는 얼른 대답하지 못하고 잡은 명월의 손을 가슴에 품어본다.

"네? 도련님?"

명월은 대답을 재촉한다.

"달아나지요."

"어디로?"

"항아 있는 곳으로."

"내가 만일 여승이 되면?"

"그럼 저도 승도가 되지요."

하면서 선비는 갑자기 명월의 손을 놓고 명월의 얼굴을 뚫어지게 바라본다.

"왜 그렇게 보십니까?"

"항아는 관음보살(觀音菩薩)의 화신(化身)이 아니십니까?"

"하하하……"

명월은 찬물 같은 맑은 웃음소리를 내며 선비의 목을 끌어안는다. 그리고 혼자하는 노랫조로,

"모르리라 모르리라 모르리로다……"

하고 중얼거리는 것이다.

"무엇 말씀입니까?"

"이런 인간락 굳이 피해서 심산 속으로 숨는 이들 심사 모르리로다!"

얼마 더 올라가지 않아서 암자가 나타났다. 가까워 갈수록 풍경 소리뿐, 사람의 그림자는 보이지 않는다. 마당에는 산풀이 우거지고 여기저기 토끼똥이 떨어지어 일 년에 한 번씩이나 사람 구경을 하는 산제당집처럼 황량하다. 차라리 비인 산이 아니요 집이기 때문에 무시무시하다.

명월과 선비는 숨을 죽이고 또 일부러 기침 소리를 내보기도

하면서 암자를 부엌부터 기웃거려 보았다. 부엌도 텅 비었고 뒷마루에도 신 한 켤레 놓이지 않고 마른 솔잎만 쌓여 있다. 찢어진 문틈으로 방안을 들여다보니 부처님은 모셔놓았으나 만수향 한 오리 꽂혀 있지 않다. 굴목 뒤를 들어가니 어웅한 석벽이 곧 암자를 내려칠 듯이 공중으로 내밀었는데 그 밑으로 어스름한 그늘 속을 향하여 창호지 다 떨어진 되창문 하나가 열려져 있는 것이다. 역시 문 앞에는 신발도 아무것도 보이지 않는다. 머리가 쭈뼛하여 가까이 들어서 방 안을 엿볼 용기가 나지 않는다. 명월은 선비만 쳐다보고 선비는 명월만 쳐다보고 하다가 기침 소리를 일시에 두어 번씩 내어보았으나 방안에선 그냥 감감하다. 만일 지족선사가 이 암자 속에 있기만 한다면 이 뒷방을 내어 놓고는 더 찾아볼 데도 없는 것이다.

명월이가 되도록 석벽 밑으로 붙어서며 방문과 정면이 되도록 한 걸음 한 걸음 나아갔다.

"앗!"

명월은 휘우뚱 뒤로 쓰러질 뻔하였다.

삭발한 머리가 깎은 지가 오래 더벙으로 올려뻗치었는데 바람에 날려들어간 것인 듯 솔잎이 다 덮이었다. 햇볕을 보지 않아 백지처럼 센 얼굴이 한 옆으로 밖에 보이지 않으나 관골은 두드러지고 기름한 뺨 아래에 암석과 같은 턱은 꼭 다문 입을 받치고 있다. 수염도 머리와 함께 텁수룩하다. 그러나 나이가 많은 사람은 아니다. 아직도 청춘을 가진 사나이임에 명월의 가슴을 날카로운

칼처럼 푹 박아놓는 데가 있다.

보리수(菩提樹) 밑에 앉은 석가(釋迦)의 화상처럼 초연히 무릎을 다시리고 손 놓은 모양, 조금만 숙여도 이마가 닿을 만치 벽과 바투 앉아 있되 그의 감은 듯 뜬 듯한 속눈썹 사이에서는 벽은 커녕 산을 뚫고 바다를 뚫고 구름을 뚫고 억천대계를 다 쏘아보는 초인의 안광이 번뜩이는 것 같다.

명월은 눈을 돌려 머리 위에 덮인 석벽을 쳐다보았다. 그러나 처음 볼 때처럼 기가 막히지 않는다. 지족선사를 보고 보니 나뭇잎 하나 드리운 것밖에 더 느껴지지 않는 것이다. 갑자기 지동을 하여 석산이 무너져 내려쏠릴지라도 지족선사가 기침소리만 한 번 내이면 모두가 새털처럼 날아가 버릴 것 같다.

'한 길 사람 속에 저처럼 거대한 무게가 들 수 있는 것인가!'

명월은 너무나 자기의 미미함을 느끼지 않을 수 없다. 지족선사를 북해(北海)에 나는 대붕(大鵬)이라 하면 자기는 조그만 실개천에 떠도는 하루살이가 아닌가 하는 생각이 들어간다.

명월은 더 지족선사를 바라볼 용기가 없어 물러서 밖으로 나왔다. 풍경 소리뿐, 요요적적한 자연일 뿐이다.

명월은 선비의 허리를 홈씬 끌어안아 본다. 너무나 녹록한 선비다. 그 대리석으로 쪼아놓은 여래상인 듯한 지족선사, 그 얼음에 덮인 곤륜산(崑崙山)의 최고봉 같은 엄연히 솟은 사나이, 그 지족에게 한번 잴그러지게 안겨보고 싶은 충동이 후둘후둘 떨리도록 일어난다.

"도련님?"

"네."

"날 한번 깍지껴 안아봐요."

선비는 하라는 대로 하여 본다.

명월과 선비가 귀법사로 다시 내려와 약간 요기를 얻어 하고 절을 떠날 때에는 이미 불그레한 낙조가 극락봉(極樂峰) 머리에 비껴 있었다. 다시 말을 번갈아 타고 번갈아 견마잡으며 거리로 내려오니 날은 아주 어두웠다. 굳이 구석길을 취해 선비를 감추듯 해가지고 집으로 돌아왔다.

선비는 더욱 꿈속 같다.

일찍이 들어서 본 적이 없는 정갈하고 운치 있는 방안이었다. 한편 벽은 야광주(夜光珠)로 발을 엮어 늘인 듯이 자개함 농만이 어둠 속에 아롱거리는데 매끄러운 장판 위에 돌이끼처럼 푹신거리는 비단보료는 밟는 맛부터 벌써 은근히 규방 정취에 사무치는 것이었다. 그런데다 문갑 위에 놓인 춘란(春蘭) 한 포기의 풍기는 향기는 그 청신함이 홀연히 속진을 떨쳐버리고 몸이 천의(天衣)에 싸이는 듯하다. 휘황한 촛불, 배꽃같이 청초한 명월의 얼굴, 버들인 듯 흐느적이는 그의 허리, 선비는 갑자기 십 년 하나는 더 자라난 듯 춘흥이 도연해짐을 누를 수 없다. 그러나 가인과 재자가 만난 자리에 먼저 금기시주(琴棋詩酒)없을 리 없다. 저녁상을 물린 뒤에 거문고로, 바둑으로, 시짓기로, 술잔을 권키로 밤은 으슥할 대로 으슥해졌다.

　명월이도 가슴이 떨리었다. 피곤하기도 하였다. 그러나 불을 탁 꺼 버리기가 왜 그런지 쉬운 일이 아니다. 자리를 깔 대로 깔고 돌아서 마주볼 대로 보았으나 얼른 불을 끄기가 힘들었다.

　"도련님?"

　"네."

　"불 좀 끄고 오시오."

　"주인이 끄고 오시오."

　선비는 그 아롱진 명월의 얼굴이 촛불 가까이 가 그 연지 같은 입술로 봉긋이 김을 물었다가 뿜는 것이 보고 싶다.

　"도련님이 끄시오. 주인의 말을 들어야 하오."

　"주인이 끄시오. 주인은 손님대접을 해야 하오."

　서로 그러다가 정신차려 보니 초도 다 닳아 가물어 갈 때였다. 그래 저절로 꺼지기를 기다리기로 하고 누웠는데 마침 그때 밖에서 인기척이 나는 것이다.

　"누구요?"

　명월은 밖을 향하여 묻는다.

　"접니다."

하인의 목소리다.

　"왜?"

　"웬 점잖으신 손님 한 분이 오셨는데 자꾸 주무신다고 해도 그예 한번 보고라도 가겠다고 하십니다."

"……"

명월은 잠깐 생각하다가 일어나 겉옷을 입었다. 그리고 바깥으로 나와보니 다른 손님이 아니라 김참판이다. 자기의 아들이 이 집 방 안에 있는 줄은 모르고 낮에 명월을 기다리다 못해 이럭저럭 시회는 마쳐 버리고 산에서 내려오는 길로 늦게나마 명월의 집을 몸소 찾음이었다.

명월은 김참판을 대문 안으로 맞으려 하지 않고 자기가 대문 바깥으로 나섰다. 대문간에서 따라나오는 김참판은,

"웬일이냐?"

하고 낮에 오지 않았음을 묻는다.

"가려고 나섰다가 길에서 누굴 만났어요."

"누굴?"

"인제 내일 저녁에 말씀드려요."

"내일 저녁에?"

"네, 내일 저녁 이맘 때 제가 혼자 기다릴 테니 다시 와주십시오."

"오늘은?"

"오늘은 그냥 돌아가세요."

"누가 있느냐?"

"네."

하고 명월은 서슴지 않고 대답해 본다. 대답해 보아야 김참판은

더 어쩌지 못한다. 다만 어두움 속에서도 질투의 불길이 눈방울로 올려뻗치는 듯 눈이 이상스런 광채를 내일 뿐이다. 그러나,

"누구냐?"

하고 또 물어 본다.

"글쎄 오늘 저녁은 그냥 돌아가시래두…… 제가 안 그랬어요. 낼밤에 오시라구."

"정녕코 그럼 기다리렸다?"

"정녕코 오셔야 합니다."

하고 명월은 김참판을 보내고 들어왔다.

새벽이 되어 명월은 명심한 대로 잠을 깨었다. 그리고 선비를 깨워 밝기 전에 가라 하였다. 그냥 가라 하지 않고 그 백말을 타고 가라 하였다.

선비는 자기 집 말을 타고 가기를 주저하였다. 그러나 명월은 아무것도 묻지도 못하게 하고 자기가 하라는 대로 해야 오늘 저녁이라도 다시 오면 받으리라 하였다.

벌써 날이 다 밝았다. 하인들은 오래간만에 산정에서 돌아오는 도련님도 떠들어댈만한 화제이거니와 주인영감이 누구에게 주어 버렸다던 백말이 다시 온 것도 큰 화제였다. 주인영감의 귀가, 더구나 아들이 집으로 돌아오지 않고 없어졌음에 생각이 많던 그 귀가 이 왁자하는 소리에 어두울 리 없다.

아들은 대뜸 사랑으로 불리워 나가 종아리 열 개를 넘지 않아 모든 것을 사실대로 고하고 만 것이다.

명월은 그 소문을 듣지 않고 보지 않아도 일이 그렇게 되고 말 것을 미리 다 알았다. 저녁에 김참판의 부자는 물론, 그 백마도 다시 돌려보내지 않을 것까지 다 알고 그리한 것이다. 사실 그러하였다.

　사나이를 기분으로만 느끼어 보다 처음 피부에 느끼어 본 명월이, 아직도 더 기분인 편이지만, 날이 저물어 오매 외로움이 새삼스러워진다.
　새들은 깃을 찾아 흩어지고 뜰 앞에 작약꽃은 어둠 속에 숨어 버린다. 바라보이는 것은 하늘에 별들과 땅에는 집집마다 붉어지는 창문들이다.
　명월이도 문갑 속에서 황초 한 자루를 내어 불을 켜놓았다. 불을 켜놓으니 방 안은 구석마다 더 비어지는 듯하다.
　"그까짓 김지학이 녀석!"
　반은 향락으로, 반은 그들 부자에 대한 농락으로 진정은 두지 않고 허탄히 지내 버린 일이지만 아직 부르튼 정열에 어루만짐을 받을 손이 없으니 절로 김지학이가 아쉽기도 하다.
　거문고를 당기어 몇 곡조 타보았다. 거문고도 전날과 달라 들어주는 이 없이는 신이 나지 않는다. 그러나 거문고를 밀어놓으니 더 허전하다. 옷을 한가지 덜 입은 것도 같다. 매만져 보니 옷은 고름 하나 끌러진 데 없다. 밤에 자리에 누워서도 깔 것 다 깔고 덮을 것 다 덮었으되 맨바닥에 누운 듯, 가릴 데를 채 가리우지 못한 듯 허전하기만 하다.

　그러나 명월은 허전한 대로 지내었다. 빛 밝고 향기 진한 꽃일수록 봉접이 더 모여들듯이 집에 있거나 밖에 있거나 명월의 앞에는 사나이가 밟힐 지경이었다. 어떤 사나이는 천만금의 재물을 물쓰듯 하여, 어떤 사나이는 지성이면 감천이라 하고 지긋지긋하게 쫓아다니는 것으로, 어떤 사나이는 권모를 부리어, 어떤 사나이는 재담을 부리어, 또 어떤 사나이는 문필이 용한 체하여, 별별 수단으로 다 명월과 접근해 보려 하였으나 명월의 마음에 한번 들기 전에는 다 그냥 밟히어 버리는 티끌이었다. 그럴수록 명월의 이름은 송도 일경에뿐 아니라 북으로 평양, 남으로 한양에까지 점점 널리 떨치게 되었다.

　이듬해 가을이다. 명월은 더 고와졌다. 몸 안이 익을 대로 익은 실과가 아니라 여인된 일체의 언행거지로부터 기생된 기예 일반에 이르기까지 무르익을 대로 무르익은 과실이었다.

　하루 아침은 외삼촌이 찾아왔다.

　"너 유희관이 알지?"

　"네 압니다."

　어느 놀이 좌석에서 두어 번 본 적이 있는 송도 갑부의 아들이다.

　"사람 어떻드냐?"

　"못생겼습니다."

　명월은 첫마디에 자기의 인상대로 대답하였다.

"그 사람이 못생겨?"

외삼촌은 눈이 둥그래진다.

"네, 사람을 바로 보지 못하고 곁눈질을 합디다."

"그거야……"

외삼촌은 잠깐 말을 끊었다가,

"너 인젠 네 소원은 푼 셈 아니냐?"

하였고 또,

"인전 부모님 소원도 풀어드려야 하지 않겠느냐?"

하는 것이다.

명월은 벌써 외삼촌의 말귀를 알아들었다. 더 물을 것도 없고 더 대답할 것도 없다. 외삼촌이 굳이 자리를 머물러 유희관의 재산이 막대한 것을 여러 번 뇌이니, 더 견딜 수가 없어,

"아무리 부모님의 원이시기로 그처럼 어두운 것인 바엔 풀어드리지 않는 것도 도리어 밝은 자식일까 합니다."

하였을 뿐이다.

외삼촌이 돌아간 뒤에 답답한 가슴을 펴고,

"백주에 홍인면(白酒紅人面)은 좋다마는 황금에 흑인심(黃金黑人心)은 가소롭구나!"

하고 한바탕 선웃음을 쳐보았다.

이날, 석양이 가까운 때다.

한양서 어느 대관의 행차가 내려온다고 저녁지을 것도 내버려

두고 너도나도 천수원(天壽院)께로 내달았다.

이른 가을이라 볕은 아직 따가우나 바람은 벌써 생랭하여 뜰안에만 내려서도 신발이 날듯이 가벼웁다. 좀 걸어보고 싶은 충동이 나는 데다 오는 사람이 대관이라 하니 인물이 어떠한 남자인가나 한 번 보고 싶은 마음도 없는 바 아니라 명월이도 집을 나서고 말았다. 사람 물결 속에 묻혀서 어느만치 이르렀던지 이내 풍악소리가 흘러왔다. 키 큰 사내들이 와—하고 발돋움을 하고 앞을 막아선다. 키 작은 부녀자들은 와락와락 뒤에서 내닫는다. 명월은 발등을 밟혀 아프기보다도 후끈거리는 사람 운기에 기가 막힐 것 같아 뒤로 물러서고 말았다. 그까짓 행차가 어떻게 늘어선 것 따위는 조금도 흥미가 없는 일이라 가만히 공지에 섰기만 하다가 이제 행차의 주인공이 비로소 나타나는 듯할 때에야 앞줄로 쑤시고 나가 키 큰 장정 한 사람의 어깨를 툭 건드렸다. 장정도 돌아보니 미인이라,

"나 좀 그 앞에 섭시다."

하는 것을 모르는 체하지 못한다.

무슨 벼슬인지는 몰라도 먼 길이나마 찬란하게 꾸민 남여 위에 앉았는데 얼른 보아 풍신이 좋다. 대관으로 보기에는 너무 늙지 않았고 아직 늙지 않은 이로는 너무 근엄한 얼굴이다. 그러나 무서운 얼굴은 아니다. 화기가 넘치고 살빛이 부녀처럼 맑다. 명월은 속으로,

'덕윤신(德潤身)이라더니 얼굴이 저렇듯 윤택할 젠 덕이 높은가

보다!'

하였다.

 대관은 별로 얼굴을 움직이지 않는다. 어린이거나 늙은이거나 모두 자녀질을 내려다보듯 자애와 근엄을 반씩 가진 눈으로 좌우를 고르게 내려다볼 뿐, 어느 한 곳에 얼굴을 돌리는 법이 없이 앉아 있다.

 그러나 그의 얼굴도 눈이 한번 명월에게 스치는 데서는 자못 태연하지 못한다. 그 햇살과 같이 무수한 눈들이 자기를 지키되 그것을 잊고 고개가 더 돌아가지지 않을 때 가서야 놀라는 듯 명월에게서 얼굴을 바로잡았다. 그러자 군중의 시선은 명월에게로 쏠리었다. 명월은 그만 뒷줄로 물러나고 말았다.

 '누굴까? 벼슬은?'

 명월은 두어 사람에게나 물어보았으나 다 모른다는 사람뿐이다. 집에 거의 돌아와서야 한 안면 있는 노인을 만나 물었더니 소제학(蘇堤學)이라 한다.

 "아니 대제학 소세양(大堤學蘇世讓) 말씀입니까?"

 "그럼 소양곡(蘇陽谷)이니 퇴휴(退休)니 하는 게 다 그 어른이지."

 "무슨 일로 옵니까?"

 "전엔 중국 사신으로 송돌 지났지만 이번엔 여기까지 공사가 있어 오나봐."

 하는 것이다.

명월의 가슴은 뛰었다. 대제학 소세양이보다 당대 일류의, 문장 소양곡(文章蘇陽谷)이가 그란 말이었다.

"그런 줄 알았드면 좀더 자세 볼 걸!"

명월은 집으로 돌아와 더듬을수록 막연해지는 양곡의 풍모를 그려보았다.

인자스러우면서도 위엄이 돋는 눈, 귀인답게 맑은 귀뿌리, 바람에 알맞게 날리는 부드러워 보이는 수염, 아무튼 어느 좌석에 가든 윗자리에 앉을 사나이다.

명월은 흠모하는 정열이 가랑잎에 붙는 불과 같이 급해진다. 양곡의 글을 읽고 날 때마다 양곡을 숭배하였고 나이 벌써 퍽 늙은 어른이거니 상상해왔다. 그런데 아직 늙은이가 되기까지는 멀다.

'왜 나를 고개가 안 돌아갈 때까지 보았을까?'

또,

'내가 누군지 알 리야 없겠지!'

명월은 갑자기 뜨거워지는 입에 입맛도 잃었다. 저녁을 먹는 둥 마는 둥 하고 분지는 바르지 않을지언정 오래간만에 저녁 세수를 다 해 보았다.

아름다운 저녁이다. 얼음을 스쳐오는 듯 쌀랑한 바람엔 보드러운 손등이 한층 더 매끄러운데 일찍이 돋은 초승달은 어느덧 오동나무 윗가지에 걸리었다.

그러나, 눈앞에 열린 경치는 이렇듯 시원하건만 그리운 이를 저 혼자 마음 속으로만 품은 가슴은 삼복지경에 문 하나 없는 방 속

같다.

 명월은 마루로 와 기둥에 기대앉아 애련한 목소리로 편악(編樂)한 장을 불러본다.

 "창 내고저, 창 내고저, 이내 가삼에 창 내고저, 광창이나, 들창이나, 벼락다지 미다지나, 영창이나, 얼창자, 세로창자, 둘첩 접는 걸 분합, 암돌쩌귀, 수돌쩌귀를 맞춰, 걸쇠, 배목고리 사슬 박을 설주에다, 부리 긴 밧옷을 대고, 크나큰 장도리로 땅뚱땅뚱 눌러박아 이내 가삼에 창 내고저, 님 생각나 가삼 답답하올 적에 여닫어 볼 창 내고저……"

 이렇듯 달 좋은 밤에 송도 안이 비이지 않았을진대 명월을 그냥 두어둘 리 없다. 전인이 온다, 서찰이 온다, 가마채가 온다, 부르는 사람, 청하는 놀이가 너저분히 있으나 명월은 모두 소양곡이 나올 만한 자리가 아니라 칭병하고 나서지 않았다.
 달이 기울도록 혼자 앉아 벌레 소리와 벗을 삼아 글씨도 써보고 사군자도 쳐보면서 이날 밤은 쓸쓸한 대로 지내었다.
 다음날 밤은 달이 더 둥글어졌다. 저녁상을 물리기도 전인데 송유수로부터 전인이 왔다. 조금 있다 탈것이 왔다. 어제와 같이 달 잠긴 물에 세수만 하고 언제나 마찬가지 담장인 채 집을 나섰다.
 집을 나서니 다른 때 어느 놀이에 갈 때보다 조심스러움다.
 '송유수가 소제학을 대접하는 놀이리라. 소제학이 나를 보고 어

제 본 나인 줄 알 수 있을까? 알면 어떨까?'

명월은 하늘의 명월을 쳐다보았다. 하늘의 명월이 도리어 엷은 구름 속에 숨어 버린다.

소제학은 술을 즐긴다. 좋은 친구를 만나면 술에는 더러 빠지는 수가 있다. 그러나 여색에는 아무리 취중일지라도 한 번도 허랑히 몸을 맡긴 적이 없다. 술은 아무리 흐린 것이라도 내 입에 처음 드는 것이요, 계집은 아무리 맑은 것이라도 남의 입에 들었던 음식과 같이 여겼다. 여색에 몸을 담그는 것처럼 사나이의 천행은 없다 하고 아무리 친교는 오랜 사이라도 거기에 어두운 친구와는 자리를 오래 하지 않는 성미다. 한 친구가 그가 송도에 간다는 말을 듣고,

"자네 거기 가거던 명월이란 기생을 한번 보구 오게."
하고 권하였다.

"왜?"

"글쎄 한번 불러보게. 한 번 불러보고 다시 그 계집을 찾지 않고 온다면 과시 자넨 여색에 맑은 줄 믿겠네."

"흥!"

소제학은 콧웃음을 쳤다. 장안의 명기라는 명기는 다 어느 놀이에서고 한 번씩 보았으되 그 어느 명기 하나에도 일찍이 끌려본 적이 없는 자기라 송도쯤 떨어져 있는 시골 기생에게야 하는 코웃음이었다.

그러나 소제학은 천수원터를 들어서서부터 주위 물색에 느껴지

는 바가 많았다. 취적봉의 산색은 예나 이제나 한가지일 것이나 이름 높던 천수원은 쓸쓸히 벌레 소리 속에 묻혀 있는 것이다. 길 좌우에 늘어선 백성들도 다른 데서 보던 민중과 같지 않았다. 반천 년의 오랜 고려 문화의 전통을 가진 그들이라 자세히 보면 사나이들 갓끈 하나에, 부녀자들 노리개끈 하나에, 모두 고전적인 풍습이 남아 있다. 몇백 년 전 고려의 거리를 꿈속에서 나아가는 것 같았다. 왕기(王氣)는 잃은 지 오래나 산천은 맑을 대로 그저 맑다. 인물들도 그저 맑다. 인물도 자연이지만 오랜 문화 속에는 그 자연도 닦여지는 것이었다. 얼른 보되 인물들이 한양보다 맑다. 여자들은 미인이 아닌 사람이 도리어 적어 보인다. 소제학은,

'저 속에서 미인으로 뽑혀나는 계집은 아닌게아니라 꽤 볼만하겠다!'

생각되었다. 그러다가 한 편을 바라보니 장마 때 해 난 곳을 본 듯, 문득 눈이 트인다. 자세히 쏘아보니 그렇게 사람에 취해 감겨질 듯이 피곤한 눈을 물처럼 시원하게 해주는 것은 제일 앞줄로 나선 어느 한 부인의 얼굴이다. 먼 눈이라 꼭 집어 어떻게 이쁜 얼굴인지는 얼른 인상을 가질 수 없다. 그 여러 맑은 얼굴들 속에서도 완연히 뚜렷히 솟는다. 소제학은 자기를 잊고 고개가 더 돌아가지 않을 때에야 깜짝 놀래어 얼굴을 바로잡았다.

'그럼 저것이 명월이란 기생일까?'

생각이 났으나 복색차림이 기생이기에는 너무나 소박하다. 여염집 유부녀이거니 하고 생각하니 자기가 정신이 없이 그다지 쏘아본

것이 얼굴이 화끈하게 부끄러웠다.
 '허! 무슨 주책없는 짓이었을까!'
 소제학은 스스로 꾸짖으며 그 아름다운 얼굴을 잊으려 하였다. 그러나 잊으려고 애를 쓸수록 눈에 자꾸 밟히었다. 이날 저녁 객사의 벌레 소리와 넘어가는 달 그림자가 못 견디게 쓸쓸스러웠다.

 소제학이 고담한 줄 아는 터이라 송유수는 다른 손님과 같이 그를 환대함에 여색으로 하려 하지 않았다. 소제학 자신도 일찍이 어느 고을에 가서나 그랬듯이 계집으로 수청을 들지 못하게 하였다. 그러나 송유수는 이날 연석에 명월을 부를까 말까 여러 번 생각하였다. 소제학은 그의 떨치는 문명(文名)으로나, 그의 빼어난 풍모로나 넉넉히 명월의 추앙을 받을 만함으로다. 아직 욕심뿐으로 한 번도 명월을 마음대로 다루어 보지 못한 송유수는 자기의 원을 풀기 전에는 다른 사나이에게 질투심이 없을 수 없었다.
 '부르지 않았다가 만일 송도에 명월이란 기생이 유명하답디다 그려? 왔던 길이니 한번 불러봅시다 하면 어떻게 하나, 그렇게 되면 내 꼴이 진작 불러 놓기만 못하지 않은가?'
 송유수는 실없이 마음이 괴로웠다.
 '소제학은 여색을 멀리하니까 명월의 기예나 보는 것으로 만족할른지 몰라?'
 이렇게 생각하다가도,
 '그도 사내지 명월의 앞에서야.'

하면 역시 괴롭다.

그러나 결국은 명월을 부르고 만 것이다.

자리가 열리었다. 유수를 따라 다락으로 올라오던 소제학은 청위에 올라 서다 말고, 다른 손들의 인사를 받다 말고, 주춤하고 서더니 잠깐 진퇴를 잊었다. 지난 밤 밤새도록 이상하게도 눈에 어른거리어 편히 잠을 이루지 못하게 하던, 그 미지의 부인이 여러 찬란한 기생들 틈에 군계일학으로 담장한 그대로 끼어 있기 때문이다. 기생일 린 없고 기생이 아니고는 이 자리에 나왔을 리 없고, 아무래도 자기의 눈이 헛것을 보지나 않았나? 그랬다면 무슨 실수나 하지 않을까? 그래서 주춤하고 서서 눈을 가다듬는 것이다.

앉아 알고 보니 그가 명월이라, 이름이 헛되이 나지 않았고나! 하고, 늘 마시던 감홍로(甘紅露)이되, 이날은 다른 때보다 일찍 취해 버렸다. 소리를 부르면 소리가 명창이요, 거문고를 타면 거문고가 명수요, 붓을 잡으면 서화가 또한 달필이라, 이것만으로 뛰어나거든, 시문(詩文)에까지 넉넉한 대수요, 거기다 절등미모임에랴. 소제학은 여러 번 손을 들었다. 명월의 등을 쓰다듬어 주고 싶어서였으나 웬일인지 손은 들기만 했을 뿐 전에 다른 기생에게처럼 선뜻 가지지 않는다. 무심하지 못한 때문이다. 다만 명월이가 권하는 술만 얼마든지 마시었다.

그러나 술잔만 놓으면 역시 소제학의 얼굴에는 씻은 듯 그 근엄한 빛이 떠나지 않는다.

억지로 계집을 위해 그것을 헐기에는 소제학의 자존심이 너무나 굳은 것이었다. 그렇다고 명월이가 다른 기생처럼 머뭇거리고 그의 곁을 비루하게 바칠 리도 없다. 속으로는 소제학과 마찬가지로 마음이 있되, 겉으로는 아닌 체하고 범상을 지님에 있어서도 소제학과 마찬가지다.

 손님들만 취한 것이 아니라 나중에는 기생들도 취하였다. 명월이도 이날처럼 여러 잔의 술을 받아본 적이 없다. 목이 좀 잠기는 듯하여 노래를 부르기에는 괴로우나 지껄이기에만은 도리어 힘이 나는 듯 마음도 다 먹기 전인 말이 술술 굴러져 나온다.
 '이래서 생시엔 못하던 말도 취중엔 하나보다.'
 그러나 아무리 취중이라도 소제학에게 무슨 말을 대답할 때만은 새 정신이 반짝반짝 나곤 한다. 소제학도 마찬가지였다. 술기가 무르익어 갈수록 소제학의 입에서도 농담과 실없는 웃음이 나오기 시작하되, 상대가 명월이일 적에는, 마치 허공에 뜬 명월을 쳐다보는 것처럼, 흥취는 더해지면서도 정신이 번쩍 차려지곤 하였다.
 이, 모두 취흥에 어우러진 속에서도 단둘이만 서로 맑아지는 정신으로 부딪쳐짐은 서로 말은 없어도 말이 있는 이상으로 서로 통함이 있었다. 어떤 때는 명월이가 부끄러워 얼굴을 숙이었고, 어떤 때는 소제학이 수줍은 총각처럼 무안을 느끼었다.
 손님들의 눈이 잠깐 자기에게서 등한한 틈을 얻어 명월은 다락을 내려섰다.
 달은 닦아 놓은 은쟁반 같다. 그 빛은 흘러내려 다락으로 들어

가고 다락에선 은은한 풍경 소리가 흘러 밖으로 나온다. 발 밑에는 이슬빛과 벌레소리요 머리 위에는 달빛과 풍경 소리다. 소제학을 생각하고 다락을 쳐다보면 선관(仙官)이 앉아 노는 천상의 백옥루(白玉樓)와 같이 우러러보인다. 이슬에 눅어 소리도 없는 오동잎을 밟으며 몇 걸음 거니노라니 뒤에서 인기척이 난다. 돌아보니 우뚝한 사나이 하나가 손을 덥석 잡는다. 명월은 잡힌 손을 뿌리치었다. 소제학이 아닌 사나이였다. 얼마 뒤에 또 한 사나이가 그렇게 나타났으나 그도 소제학이 아니라 명월은 가지런히 서서 달을 구경하려 하지 않았다.

달은 기울었다. 풍경 소리도 그치었다. 손들이 돌아간 뒤에 흩어지는 기생들의 노리개 소리만 은은히 비인 다락을 남기고 멀어갔다. 명월이도 애틋한 마음만은 곧 소제학에게 달려들어 말이라도 한마디 붙이고 싶었으나 눈치만 볼 뿐, 그가 붙들지는 않으니 자기의 탈것을 타고 내려올 도리밖에 없었다.

그런데 한 절반이나 내려왔을까 하는 데서다. 누가 급한 걸음으로 달려오더니 길을 막는다. 소제학의 하인이다. 명월은 속으로 그러면 그렇지 하면서도 그렇게 녹록히 말머리를 돌리게 하지는 않는다.

"내가 아무리 기생이기로 집을 쓰고 사는 사람인데 볼일이 있으면 내 집을 찾을 게지 길 위에서 이게 무슨 짓이냐?"
하고 하인을 나무래 보냈다. 그리고 집에 와서 문을 걸지 말라 하였다.

걸지 않은 문으로는 달빛만이 따라 들어오지 않았다. 얼마 지체하지 않아 소제학의 그림자도 따라 들어섰다.

명월은 걸음은 뛰지 않으면서도 버선발인 채 뜰 아래까지 내려와 소제학을 맞아올린다.

마루에는 불이 없었다. 달빛도 퇴 아래로 내려간 지 오래다. 캄캄한 속에서 둘이는 말없이 한참을 서로 보았다. 눈이 먼저 드러나고 입이 드러나고 코가 드러나고 나중에는 표정까지도 어렴풋이 떠오른다. 소제학의 빙그레 하는 웃음을 보자 명월이도 싱긋이 웃음을 주며 방으로 앞을 섰다.

방은 밝다. 그러나 불빛은 아니다. 기울어진 달빛이 윗목 퇴창문에 함박으로 퍼부어 있는 것이다.

방안에 들어와서도 서로 말이 없다. 놀이 좌석에서는 그래도 처음 몇 번은 농담의 말도 주고받았으나 자리가 오래될수록 서로 삼가졌듯이 이렇게 조용한 처소에서 조용한 시각에 단둘이 마주치고 보니 사나이는 첫날 신랑처럼, 여자는 첫날 신부처럼 서로 입이 얼어 버린 듯하다.

달은 기울어질수록 더 밝아지는 것 같다. 벽에 걸린 글씨며, 그림들이 낙관(落款)을 보지 않아도 뉘 글씨요 뉘 그림인 줄 꽤 알아볼 만하고, 빗접에 그린 쌍룡(雙籠)은 살아서 꿈틀거리는 듯하다. 층층이 쌓인 자개그릇들은 밤중에 돋는 무지개인 듯 오색이 은은히 비치는데, 문갑 위에서는 참먹 냄새, 탁자 위에서는 머루

다래와 유자 향기, 소제학은 이런 방에서 미인과 더불어 가만히 앉았는 것만으로도 얼마나 그윽한 향락인지 몰랐다. 그러나 언제까지나 이대로 잠잠히 앉았기만 할 수는 없다. 소제학은 침이 걸어진 입을 다시고,

"밤이 꽤 깊었나보오."
하여 보았다.

그러나 명월은 그말 대답은 없이 구석에 섰는 거문고를 당기어다 안는다. 안족(雁足)을 두어 번 어루만지는 듯하더니 잔기침을 한번 기치고 나서 옛 노래 한 장을 타며 부르며 한다.

"얼음 위에 댓잎자리 보아
님과 나와 얼어죽을망정
얼음 위에 댓잎자리 보아
님과 나와 얼어죽을망정
정 둔 오늘밤
더디 새오시라
더디 새오시라"

달은 이내 넘어갔으나, 밤은 기러기 소리가 세 차례 네 차례 지나가도록 밝지 않았다. 그러나 이들에게는 장장추야(長長秋夜)란 거짓말 같았다. 정은 긴데 밤은 모자라니 어서 다시 하루 낮이 지나 버리고 새로 밤 되기만 기다리는 수밖에 없다.

"보면 반갑고 못 보면 그리워라
반갑기는 웬일이며 그리기는 웬일인고
보도록 다정한 님 그리도록 간절하다
반야산 가자 하니 마고집 멀어 있고
서왕모 찾자 하니 청조(靑鳥)새 아득하다……"

(청조(靑鳥)-사자(使者) 편지를 말함. 동방삭이 푸른새가 온 것을 보고 서왕모가 보낸 심부름꾼이란 것을 알았다고 함)를 부르며 삼사월 긴긴 날에다 대이면 한겻 밖에는 안 돼 보이는 가을날이건만 모로 걸어 천리를 가듯 안타까이 보내었다. 그렇듯이 날을 지어 이틀 밤을 맞이하고 사흘 밤을 지내었건만 그래도 끝없는 정을 끝없는 밤으로 풀기를 다할 수는 없었다.

"오늘은 떠나가랴?"

"그렇게 떠나고 싶거던 떠나가시오구려."

명월은 굳이 소제학을 붙들지는 않는다.

"오늘밤이나 하로 더 있어 보자."

"하루 밤이나 더 계시면 무엇하오. 삼월이 셋만한 밤이나 온다면 몰라……"

소제학은 이날도 송도를 떠나지 못하였다.

내일은 떠나야, 내일은 정녕코 떠나야 하기만 하기를 무릇 십여 일, 소제학도 명월에게 이르러서는 헤어날 줄 모르는 사람이 길이 넘는 물에 든 모양이었다. 내일 아침에는 어김없이 떠나리라는 표적으로 소제학은 송유수를 비롯하여 여러 지면을 어느 산장으로 불러놓고 고별의 잔치를 베풀었다.

 이날 저녁 소제학과 명월은 부러 자리에 사이를 두고 앉아 보았다. 이날 저녁만 지나 버리면 다시 만날 날이 아득한, 정 익은 사랑, 정을 아는 사람으론 세상일에 매이지 말아야 할 것을 소제학은 새삼스럽게 깨달았고, 세상일에 매인 사나이에겐 아예 정을 쏟지 말아야 하리라는 것을 명월도 새삼스럽게 느끼었다.

 그러나 이미 안 정이요 이미 쏟아 버린 정들이다. 이즈러진 달은 깨어진 거울쪽인 듯 보는 마음이 더욱 아프고 일만 나무에 잎이 흩치니 다락만 덩그러니 솟아올라 애련한 다음날에 혼자 남을 외로움을 미리 깨쳐주는 듯하다. 이슬에 젖는 들국화도 호젓해 보이고 흘러가는 물소리도 거문고를 얼릴 듯이 차다. 명월은 이윽히 할말을 잊고 달 지는 먼 산만 바라보고 앉았다가 소제학이 먹을 묻혀다 주는 붓을 받고야 정신을 차리었다. 그리고 소제학의 손수건에 즉흥이 다하는 데까지 그야말로 문불가점(文不加點)으로 내려썼다.

月下梧桐盡	달 아래 오동잎 지고
霜中野菊黃	서리 속에 국화 필제
樓高天一尺	다락 높아 하늘에 닿고
人醉酒千觴	사람은 천 잔 술에 취하였네
流水和琴冷	물은 거문고에 얼리어 차고
梅花入笛香	매화는 피리에 들어 향기로워라

明日相別後　　내일 서로 여읜 뒤엔
憶君碧波長　　님은 그립고 강물은 길고　　　　(鷺山 譯)

소제학은 울연한 심사에 바람이 차건만 부채질을 몇 번 하고 소리를 높여 이 정인이 주는 시사(詩詞)을 읊어보았다. 그러나,

"월하에 오동진 상중에 야국황 누고천일척 인취주천상 유수는 화금냉이요 매화는 입적향……"

까지 소리를 내었을 뿐 끝에 한 구는 입이 어는 듯 한참 머뭇거리고 보기만 하다가,

"오역인애(吾亦人也)라 (나도 또한 인간이다)"

하고 다시 사흘을 더 명월에게 머무르기로 하였다. 그리고 눈발이 날리기 전에 다시 한 번 틈을 내어 내려올 것이니 정한이 미진한 것은 미진한 채로 두었다가 뒷날 다시 만나 여한이 없이 풀어보자 하였다.

그러나 한번 떠나간 소제학은 처음에만 잘 왔노라는 간단한 편지만 있었을 뿐, 다시는 소식이 올 줄 몰랐다.

그러나 명월은 소제학이 다시 한 번 찾아줄 줄만 믿고 기다려졌다. 믿어서만 기다려짐이 아니라 자기의 온 넋을 기울여 참된 사랑을 바쳐 버린 사나이라 믿지 않는다 하더라도 절로 기다려질 사람은 그밖에 없었다.

가을은 깊을 대로 깊어 갔다. 문다마 두터운 창호지를 발랐으나 어느 틈으로인지 날카로운 서리 기운이 스며들어 옷깃을 싸릉거

린다. 이불섶을 여며싸고 얼굴만 내어놓으면 싸늘해지는 뺨도 부빌 곳을 찾는다. 한 몸이 딴 한 몸이 그리운 줄 알 대로 안 뒤이라 소제학이 자기를 온전히 남기고 가지 않고 두 쪽을 내어 딴 한 쪽은 가지고 간 듯 헛헛해서 견딜 수가 없다. 책을 들면 손이 시리고 책을 놓으면 밖은 벌레 소리와 낙엽 구르는 소리, 그 중에도 낙엽 구르는 소리는 똑 신발 소리처럼 들리는 때도 있다.

"⋯⋯예리성(曳履聲) 아닌 줄은 번연히 알건마는 그립고 아쉬운 마음에 행여 긴가⋯⋯"

옛노래의 한 구절이 생각나서 불러 보기도 한다. 그러나 남이 저의 정한에서 불러 놓은 것이라 몇 번을 다시 불러 보아도 자기의 정한은 뭉친 채로 꾸물거린다. 명월은 붓을 집어다 화전지(花箋紙)와 함께 머리맡에 놓고 처음으로 단가 한 수를 엮어 보았다.

"내 언제 신(信)이 없어 님을 언제 속였관대
월침삼경(月沈三更)에 올 뜻이 전혀 없네
추풍(秋風)에 지는 잎 소리야 낸들 어이하리오."
『청구영언(靑丘永言)』

이불을 밀어던지고 일어나 읊어보고 이불을 다시 끌어다 눕고 읊어보면서 소제학을 못 잊는 동안 밤은 밤대로만 지나고 다시 지나서 이제는 동지섣달 긴긴 밤이 되어 버렸다. 누우면 내일 아침 돌아올 길이 까마득하다. 소제학과 새우던 밤들이 너무나 짧던 것을 생각하면 그냥 지내 버리기에 너무나 아까운 밤들이다. 아직껏 무엇을 아껴, 모아두리라는 생각은 한 번도 없었던 명월이지만 이 동지섣달의 긴긴 밤들만은 어떻게 해서나 모아두고 싶어진다. 이제나 날이 샐까 하고 잠을 깨어 기다리면 그제야 첫닭 우는 소리가 들릴 때가 한두 번이 아니다. 한 번은,

'밤도 더딘 지나간다! 이제야 반허리가 지난 셈이로구나!'
하고 생각하니 자기가 한 말이나 밤의 중간을 허리라 부른 것이 신기하다. 그래 붓을 집어다 이런 노래 한 수를 지어보기도 했다.

"동짓달 기나긴 밤을 한허리를 둘에 내여
춘풍이불 아래 서리서리 넣었다가
얼운님 오신날 밤이여드란 구뷔구뷔 펴리라"
『가곡원류(歌曲源流)』

노래의 말구(末句)대로, 동짓달 기나긴 밤을 한허리를 둘에 내어 어디다 서리서리 사려두지도 못했거니와, 그것을 구비구비 펴가며 즐길 님부터 다시는 오지 않는다. 다만 봄 사월이 되어 잊지는 않고 있다는 정으로인지 소제학으로부터 화조예물(花朝禮物)이 내려왔는데 거기 편지 한 장이 들어 있고 그 편지에는 끝으로 종실(宗室)에 벽계수(碧溪守)라는 이가 항상 자기는 미색에 침혹되지 않겠노라 장담하던 바, 이번엔 송도로 내려가니 한번 만나보라는 말이 쓰여 있었다.

명월은 사연을 보고 빙긋이 웃었다. 얼른 생각해 보아도 소제학이 허심탄회로 하는 말 같지 않았다. 자기 역시 미색에 불요할 것을 장담하다가 그 말을 지키지 못하고 만 사나이라 아직 그러한 장담을 지킨 채 지내는 벽계수란 이의 존재가 자존심에 상할 것은 당연한 이치였다. 어찌해서나 벽계수마저 그 호언을 지키지 못하고 마는 꼴을 보고 싶을 것이다. 자기가 사랑하던 계집을 친구에게 더럽힘 보다도 조야에 자기보다 더 청담한 체하는 사나이가 존재한 것만 더 내심에 거리끼었는지도 모른다. 그렇게까지 생각하고 보면 소제학이 자기를 이용하는 것 같아서 야속하기도 하다.

그러나 몸까지 더럽히고 안 더럽힘은 자기의 할 탓이다. 더구나 정말 미인은 구경도 못한 것들이 체모를 돋운답시고 자기만은 미색에 침혹되지 않겠노라 호언장담하는 양은 아니꼬와 참을 수가 없다. 네가 얼마나 강장(剛腸)인가 보자 하고 벼르다가 벽계수가 송도에 들었다는 말을 듣고, 또 오늘 저녁엔 마침 만월이라 만월대로 소창하리라는 것까지 알았다.

명월은 돋아오르는 달과 함께 자기도 만월대로 올라갔다. 언제나 마찬가지의 담장이지만 아래 위를 백설같이 희게 입었으니 아무리 푸른 편인 달빛에지만 옷빛과 대조되어 붉어질 것은 그의 얼굴이다. 그런데다 저녁 반주로 감홍로(甘紅露) 두어 잔을 기울이고 나선 김이라 만월대로 올라설 즈음에는 두 뺨에 혈조가 양지쪽에서 필 대로 피어 버린 복사꽃처럼 난만해졌다. 이미 명월의 얼굴을 아는 사람으로도 다시 한 번 놀라지 않을 수 없을 만한 데다 약간 취흥이 솟는 김이라 그까짓 벽계수야 왔던 안 왔건 제 정취에 못이기어 저절로 터지는 목청으로 우선 한 곡조를 뽑아 던지었다.

"오백년 도읍지를 필마로 돌아드니
산천은 의구하되 인걸은 간 데 없네
어즈버 태평연월이 꿈이런가 하노라."

고려의 유신(遺臣) 길재(吉再)의 노래였다.

그렇지 않아도 회고감(懷古感)에 가슴이 쓰리어 어느 주춧돌 위에 망연히 서서 말없는 달만 쳐다보던 벽계수, 노래라도 다른 노래가 아니오 고려 유신의 눈물 고인 창자 속에서 우러난 노래, 자리라도 다른 자리가 아니오 바로 산천만은 지금도 의구한 고려의 궁궐터 만월대, 그런데다 부르는 그 소리, 그 맑고 고운 목소리, 아무리 가요에 등한했던 귀기로 무쇠 귀가 아닌 다음에야 감동이 없을 수 없다. 벽계수는 자기도 모르는 사이에 소리를 좇아 발을 옮기었다.

소리에만 취해 여념이 없이 가까이 와서야 벽계수는,
"계집이로구나!"
하는 생각이 들었다. 주춤 머무르며 얼른 눈을 달로 가져갔다.

달은 밝을 대로 밝다. 가을달도 남이 아니라 내라는 듯이 찬바람이 일게 밝다. 서너 걸음만 더 나아가면 노래의 주인공이 대낮처럼 소상히 보일 것을 깨달으매 벽계수는 도리어 서너 걸음을 뒤로 물러서며 달만 쳐다본다. 이미 목청을 울린 김이라 명월은 제흥에 다시 겨워 이내 또 한 곡조를 불러내인다.

"인생이 둘가 셋가
이몸이 네다섯가
빌어온 인생의
꿈의 몸 가지고서
평생에 싸울 일만 하고
언제 놀려 하느니……"

그리고 곧 이어 만전춘의 끝 절을 달아 불렀다.

"남산에 자리 보아
옥산(玉山)을 벼여 누워
금수산 이불 안에
사향각시를 안어 누워
남산에 자리 보아
옥산을 벼여 누워
금수산 이불 안에

사향각시를 안어 누워
약든 가삼을
맛초압사이다.
아 손님아
원대평생(遠代平生)에
여힐 줄 모르옵세."

노래는 부르도록 흥이 난다.
 부녀자가 동쪽에서 보이면 눈을 서쪽으로 돌리고 부녀자가 서쪽에서 나타나면 걸음을 동쪽으로 옮길 줄만 알던 이 벽계수로도 어느덧 한결같이 달만 쳐다보지는 못하였다.
 "과연 명창이로군!"
하고 감탄이 될 때마다 명월의 쪽을 건너다보았다. 건너다볼 때마다 보일 듯 말 듯한 그 얼굴 모습, 흐릿한 몸매로 보아, 그 청옥 같은 음색을 들어, 이목이 둔탁할 리는 만무할 것 같다.
 "저것이 혹 명월인가?"
 그제야 명월의 이름을 생각해내었다.
 "절색이라 들었는데 절창이기도 한가?"
 그러는데 층계 아래에 매어둔 당나귀가 어서 돌아가자는 듯이 한바탕 울어댄다.
 벽계수는 당나귀 소리에 용기를 얻은 듯 선뜻 발을 떼어놓는다. 거의 층계에 이르러 내려딛기 시작할 순간이다. 이번에는 바로 등

뒤에서 그 참매미 소리가 터지며 옷깃을 잡는다. 놀래어 돌쳐보니 옷깃을 잡는 것은 그 여자의 손이 아니요, 그 매력 있는 목소리가 잡는 듯이 느껴진 것뿐이다. 이 순간 벽계수는, 왜 정말 손으로 잡는 것이 아닐까! 하는 허전함을 깨닫는다. 부르는 노래는 이러하다.

"청산리(靑山里) 벽계수(碧溪水)야 수이 감을 자랑마라
일도창해(一到蒼海)하면 다시 오기 어려워라
명월(明月)이 만공산(滿空山)하니 쉬어간들 어떠리"
『해동가요(海東歌謠)』

번거로이 생각할 것도 없이 벽계수(碧溪水)란 벽계수(碧溪守)를 가리킴이요, 명월(明月)이란 명월 그대로 제 자신을 이름이다. 글이 또한 용한 점에 선비의 마음이 동하지 않을 수 없고 가까이 보아 자기가 일찍이 상상만으로도 그려보지 못하던 천래의 미색이니 사나이 마음이 범기(凡妓)에서와 같이 옹졸한 채 견딜 수가 없다.

"그대가 명월인가?"

벽계수가 내려디디려던 층계를 다시 올라선다.

명월은 자기가 명월이로라 대답하기 전에 먼저, 얼굴을 다른 데로 돌려 웃음을 참았다.

"그대가 황명월이 아닌가?"

"명월이라 합니다."

하고 명월은 돌부리에 채여 넘어질 뻔하는 벽계수의 손을 붙들어

준다. 벽계수는 걸음을 멈추고 물끄러미 명월을 건너다본다.

"그대가 날 어찌 아는가?"

명월은 대답하는 대신 '청산리 벽계수야 수이 감을 자랑마라……'를 다시 한 번 불러주었다.

끝까지 수굿하고 내려갔으면이어니와 한번 아는 체해서 발길을 돌린 이상엔, 벽계수도 고스란히 한낱 사나이일 뿐이었다. 명월이가 손수건을 떨어 뜨리면 집어 올리었고, 부러 마른 신 한 짝을 흘리고 두어 걸음 나가서 그 발을 들고 섰으면 마지못해 하는 체는 하면서도 신짝을 집어다 신겨 주었다. 그리고 굳이 명월의 집을 따라왔다. 명월은 문간까지 데리고 와서는 내일 저녁에 오면 맞으리라 하였다. 벽계수는 몇 번 갓전을 숙이고 은근히 청해 보았으나 듣지 않아서 할 수 없이 송도에서 하루 더 묵기로 하였다.

그러나 그 이튿날은 명월이가 집에 있지 않았다. 갑자기 볼일이 생겨 평양(平壤)으로 내려가니 다녀올 때까지 기다리고 싶으면 기다리고 그냥 떠나고 싶으면 그냥 떠나라는 쪽지 한 쪽을 남겼을 뿐이다.

명월의 갑자기 볼일이란 것은 별것이 아니었다. 평양의 이언방(李彦邦)이란 사나이가 명창(名唱)으로 기생 이백 명을 한자리에 앉히고 다 각기 다른 노래를 부르게 하되, 혼자 모조리 화창(和唱)을 해내었다는 소문을 듣고 한 번 만났으면 하던 차라 벽계수를 피하기도 할 겸, 그리로 내려간 것이다.

이언방이, 워낙 찾아오는 계집이 많은 데다 여러 날 길에 시달린 행색인 채 들어서는 명월을 무심히 보아버리고 거만히 누굴 찾느냐 물었다. 이언방을 찾아왔노라 하니 소리를 배우러 왔느냐 다시 물었다. 명월이 대답하기를, 소리를 들어보아 배울 만하면 배우고 가르칠 만하면 가르치러 왔노라 한즉, 이언방은 능갈치게 속이기를, 이언방은 어디 나가고 없고 자기는 이언방의 아우이나 자기 역 한두 곡조는 부를 줄 아니 들어보라 하였다. 명월이 들어가 그자의 소리를 들어본즉, 길게 들을 것도 없이 그가 이언방이임에 틀리지 않았다. 곧,

"내 귀를 속이지 말라."

하고 자기도 한 곡조 노래하니 그제야 이언방이가 옷깃을 여미며 자세히 명월의 얼굴을 살펴보았다. 그리고,

"그대가 송도서 나려오지 않는가?"

물었고 이어,

"명월이가 아닌가?"

하였다. 명월이도 아닌게아니라 속이어 보려 하였으나, 이언방이 역시,

"내 귀를 속이지 말라."

하고 일어나 자리를 다시 베풀었다.

이언방도 명창은 명창이었다. 그러나 명월이가 배울 만한 윗길은 되지 못할뿐 아니라 사람이 높은 자리에 놀아보지 못하여 좀 트이지 못한 구석이 있다.

그러나 모란봉이라 대동강이라 모두 승지강산인 데다가 화장의 풍류랑들은 물론이요 고관일사(高官逸士)들이 다투어 자리를 청하매 달포를 밤낮없이 불리어 다니다가 나중에는 도망하듯 해서야 떠나오고 말았다.

돌아와 며칠 있지 않아서다.

큰 잔치가 열리었다.

송유수의 어머니의 수연(壽筵)으로 본부와 이웃 고을들의 수재(守宰) 관인(官人)들을 비롯하여 귀인(貴人) 현달(賢達)이 구름처럼 모여들고 멀리 서울로부터 명기명창들이 뽑혀 내려왔는데 그 중에는 사죽(絲竹)의 국수(國手)로 일대의 명악공(名樂工)인 엄수(嚴守)까지도 끼어 있었다.

명월이도 이 날만은 흥이 나서 갔다. 잔치가 크고 구경꾼이 많아서가 아니라 좋은 풍류를 얻어 한 번 격이 있게 노래를 불러볼 수 있으므로다. 처음에는 역시 명월은 묻히었다. 입던 옷 그대로 머리에 마른 빗질만 두어 번 하고 나앉았으니 그 꽃나무들처럼 성장한 기생들 틈에 얼른 드러나질 리가 없다.

"아무리 촌기생이기로……"

하고 서울서 온 기생들이나 고인들은 자세 보려고도 하지 않았다. 명월이란 명기가 있단 말을 더러 듣고 왔으나 그게 명기 명월이려니는 처음 보는 이로 생각키 어려웠다.

그러나 닭과 학은 이내 다르다. 옷은 빛이 없으나 그 서기(瑞氣) 어리는 이목과 한아한 몸매는 스스로 무리를 헤치고 올려솟는 데다가 가요가 한번 시작되면서부터는 깃발을 든 듯 완연하게 뛰어났다. 더구나 노악공(老樂工) 엄수의 귀가 범연할 리 없다. 특히 명월에게 점지하여 권주가(勸酒歌)를 부르게 하니 그 부드러우면서도 맑게 멀―리 떠나가는 소리는, 높이는 구름까지 찌르는 것 같고 낮게는 뜰 아래 풀잎 포기포기에 서리는 것 같다. 노래가 끝나니 만좌가 격절 칭탄하되 그중에도 엄수는 자리를 일어,

"과시 선녀로다!"

하면서,

"이는 동부(洞府)의 여운(餘韻)이라 세상에 아직 이 곡조가 있단 말가! 내 나이 칠십으로 화장에서 늙었건만 일찍이 이런 소리를 들은 적이 없노라"

하였다. 그리고 이날 엄수는 조용한 틈을 타서 명월에게 물어보았다.

"송도에 능히 그대와 화창이 될 만한 가객이 있는가?"

"송도에는 없고, 평양엔 이언방이란 사나이가 있긴 하나 위인이 천속하더이다."

하니 엄수는 한양에 선전관 이사종(宣傳官李士宗)을 말하였다. 자기가 본 가객 중에는 그만한 창법(唱法)을 가진 이가 없고, 본성이 호탕청소하여 가위 풍류남아의 표적이 될 만하다 하였다.

명월은 일찍 파석이 되기만 하면 이 날로라도 한양 길을 떠나고 싶었다. 세상에 놀기를 즐기는 사나이처럼 흔한 것이 없건만

알고 보면 제법 놀 줄을 아는 사나이처럼 또 드문 것도 없는 것이라, 이사종이란 사나이가 명창이기보다도 그 성품이 호탕청소하여 풍류남아의 표적이 될 만하다는 말에 마음이 동하는 것이었다.

그러나 이날 명월의 마음은 이사종으로 하여만 동하지 않았다. 이사종에게 동함보다 더 몇 갑절 심각하게 가슴에 찔린 것이 있었다.

날이 저물어 작은사랑에서 송유수가 지기(知己: 친구) 몇 사람만 남게 하고 따로 저녁 놀이를 베풀려는 데서이다. 아직 주안상이 나오기 전이라 기생들도 쉬일 겸 바둑도 두고 유객환(留客環)도 풀고 더는 팔을 베고 누워서 벽에 걸린 서화도 구경하고 어떤 기생은 늙은 손님의 다리도 치는데 갑자기 안쪽으로 난 복도에서 쾅쾅 소리가 달려오더니 미닫이가 벼락치듯이 열리었다. 웬 여자였다. 노리개를 한아름이나 찬 성장한 젊은 부인인데 머리를 풀어 산발을 하고 새하얗게 질린 얼굴이 거울 깨어지듯 하는 순간,

"이년 명월아! 이 볶아먹을 년들아!"

소리를 치며 방 안에 뛰어들려는 것을 송유수가 어느 틈에 일어서 가로막았고, 이내 남녀 하인들이 몰려와 안으로 떠받들고 들어간 것이다.

송유수의 첩 평양집이었다. 종일 주렴 속에서 기생들을 내어다보고 그중에 명월을 내어다볼 때마다 속에서 불이 났다. 남편이 성산월과 즐기는 줄은 전부터 알았지만 성산월로 하여서 자기의 지위가 헐릴 염려는 한 번도 느껴본 적이 없었다. 그러나 이날 명

월을 보고는 자기 인물 따위는 아무것도 아닌 것을 알았다. 자기 남편의 호색과 권도로서 명월을 가만둘 리가 없다. 어느 날 어느 날 자기에게 들어오지 않는 것, 어느 때 어느 시에 자기에게 화를 내던 것, 모두 명월이 때문이로구나 생각이 들었다. 조급한 성미에 저 혼자 옥생각만 하다가 정신에 이상을 일으킨 것이었다.

이년 명월아! 이 말 한마디에 명월은 모든 것을 알아채었다. 가슴에 시퍼런 칼이 박히는 것 같았다. 저편이 모르기 때문이지만 아무튼 기생이란 이다지도 남의 아내들에게 적원을 하는 것인가는 처음 느끼었고 깨달았다. 그길로 치마를 털고 일어서 집으로 내려왔다.

명월은 그 평양집의 원귀(寃鬼) 그대로의 모양을 잊어버릴 수 없다. 곧 어느 문으로고 아까 송유수의 사랑에서처럼 벼락치듯 달려들 것만 같기도 하다.

"부유칠거(婦有七去)하니, 불순부모거(不順父母去) 무자거(無子去) 음거(淫去) 투거(妬去)…… 새옴하면 내치며……"

소학(小學)에서 칠거지악(七去之惡)을 읽던 생각이 났다.

'새옴함이 과연 죄라야 할까?'

죄일 것 같지 않다.

'오히려 인정의 본연함이 아닐까? 인정의 본연을 압제함이 옳은 일인가? 옳은 윤리일까?'

아무리 생각해 보아도 자기 남편이 딴 계집을 볼 때 새옴하는 것은 극히 자연스러운 감정일 것 같았다. 자연스러운 감정이라면 하늘이 준 정신에서 우러나는 의식일 것이다.

그것을 죄악이라고 지명해 가지고 억압하는 것은 억압하는 편이 천리(天理)에 반역하는 편이라 생각되는 것이다.

더구나 남편이 딴 계집을 볼 때 아내가 새오는 것이나 아내가 딴 사나이를 볼 때 남편이 새오는 것은 둘이 다 똑같은 감정임에 틀림없을 것인데 남자 편에는 공공연히 용허되면서 여자 편에는 거악(去惡)으로 몰리는 그런 불공평한 윤리나 도덕이 어디 있는가? 명월은 도리어 남의 아내들 편이 되어 이런 생각을 하여 보고는 소위 경세가(經世家)로라 하는 이들의 어리석음을 또 한번 비웃지 않을 수 없다.

그러나,

'기생이 이런 원업인 줄은 몰랐다!'

하였다. 남녀칠세(男女七歲)면 부동석(不同席)이니 무어니 하고, 남자, 저희끼리만 독차지해서 덤비는 세상에 정색을 띠고는 나설 수도 없거니와 또 나서기도 싫었다. 다만 길이 쉬우니 화류장에나 뛰어들어 걷어찰 놈은 한번 걷어차 보고 놀릴 놈은 좀 놀리기도 하면서 아깝지 않은 일생을 농세상으로나 살아보려 함이었다. 실없긴 할지언정 그 속에 악(惡)이 있으리라고는 한 번도 생각지 못하다가 남의 아내의 그 미쳐 날뛰는 양을 목격하니 깊이 감동되지 않을 수 없다. 자기도 원한을 품어 왔던 사람이라 비록 송유수와의 관계에 흐린 점은 없을지언정 가슴에 찔리는 상처는 피할 수 없는 것이다.

명월은 수여 일을 두문불출하고 방 안에만 있었다. 누워서는 당시(唐詩)를 읽고 일어나선 서화(書畵)에나 붓을 적시었다. 송유수에게서도 전인이 여러 번 왔었고 다른 데서도 갈 만한 놀이가 여러 차례였으나 한 번도 나서지 않았다.

"기생노릇은 고만두리라."

하였다.

여러 날을 종이 위의 산수(山水)만 들여다보니 정말 산수가 그리워진다. 그런데다 밤새도록 내리던 비가 동이 트면서 개어 버렸다. 명월은 필낭과 술 몇 병을 나귀 등에 달고 박연(朴淵) 길을 찾아 나섰다.

우후청산(雨後靑山)이라 푸른 잎은 기름 바른 머리처럼 윤택하나 이즈러진 철쭉화는 빗물 고인 말굽 자리마다 흩어져 있다. 명월은 나귀 등에 흔들리면서도 자기의 볼을 한 번 받쳐 보았다. 아직은 손바닥에 그득히 담기나 자기의 청춘도 머지 않아 낙화(落花)가 올 것이란 생각이 새삼스러워진다.

산은 들어 갈수록 첩첩한데 하늘은 쳐다 볼수록 높다. 나귀 방울 소리와 마부의 쩟쩟 혀 차는 소리뿐, 산새 소리도 들으려면 멀리 날아가고 물소리도 찾으려면 굳이 먼 벼랑 밑을 돌아간다.

호젓하다.

사람이 그리워진다.

한 곳에 이르니 임자 없는 무덤인 듯 석물(石物) 하나 서지 못한 채 길가에 놓여 있다.

명월은 나귀를 세우고 술병을 내려 먼저 무덤에 한 잔 따르고 다음엔 마부 한 잔, 나중 잔을 제가 마시었다.

　　이렇게 세 순배를 하고 나서 다시 가는데 한 곳에는 정갈한 초가 한 채가 길 옆이긴 하나 병막처럼 외롭게 서 있다. 외로운 집이니 지나는 사람도 유심히 들여다 보았고 외로운 데 지나가는 나귀 소리니 집 안에 있던 사람도 유심히 내다볼 수밖에 없다.

　　그 비인 듯한 집 속에서 나타나 대문간에 우뚝 서는 사람은 그가 남자고 여자고를 분별하기 전에 명월의 머리에 얼른 던져주는 인상은 아까 길 위에 흩어진 그 철쭉꽃이었다. 나무에 피인 선명한 분홍빛의 철쭉이 아니라 빛 낡고 이울어져 말굽자리 물에 잠긴, 그런 가련한 운명을 연상시키는 얼굴이다.

　　"뉘 집 자젠지 중병이 들었구나!"
하면서 지나치려니까 그 새하얀 이마와 이즈러진 달과 같이 고독에 빛나는 눈자위가 이상하게도 매력을 느끼게 한다.

　　다시 한 번 돌아보니 그 병색의 젊은이도 지팡이를 짚고 마당까지 나오면서 자기의 뒤를 바라보고 있는 것이다.

　　그러나 명월은 그러나보다 하였을 뿐, 그냥 가는데 얼마 안 가서 웬 더벅머리 아이 하나가 헐떡거리고 쫓아오더니 종이쪽 하나를 올려민다.

　　명월이 받아 펼쳐보니,

　　　心達紅粧去　　마음은 그대를 따라가니

　　　　身空獨依門　　비인 몸만 문에 기대섰노라

이런 글이 쓰여 있었다.
그 고독한 눈의 주인공이 보낸 글이다.
글자마다에서 그 힘없이 크게 뜬 눈이 껌벅이는 것 같다. 곧 나귀 머리를 돌려 그에게로 가서 한마디의 말로라도 위로해 주고 싶기는 하나 정양을 위해서 이런 데 나와 있거니 생각하니 그런 동정이 도리어 부질없는 짓이라 모른 척하고 그 종이 뒤쪽에,

　　　驢嗔疑我重　　노새가 나를 무거워 숨차 하는 줄 알았더니
　　　添載一人魂　　한 사람의 넋을 더 실은 때문이로구나
　　　　　　　　　　　『출처미상(出處未詳)』

라고 농조(弄調)로 대구를 적어 돌려보냈을 뿐이다.
길은 갈수록 험하다. 험한 길일수록 명월은 자기의 발로 걸어보고 싶어서 나귀를 내리곤 하였다.
같은 꽃이라도 산 속에서 피인 꽃은 더 아름답다. 초롱꽃, 도라지꽃, 당개나리꽃들이 어제나 그저께 피인 것은 하나도 아니요, 모두 오늘 아침에 자기를 맞기 위해 새로 피인 듯 신선하고 향기롭다. 길에서 잡히는 것이면 꺾기도 하여 어떤 꽃은 노리개처럼 차고 어떤 꽃은 꼬지개처럼 머리에도 꽂으며 천마산(天磨山)의 휘엉한 깊은 골을 들어갈 제 물은 벌써 폭포가 이 골안이라는 듯이

그냥 흘러도 좋을 것을 바위를 때리며 버들숲을 휩쓸며 급한 꼬리를 치며 달려간다.

"다 왔나보다!"

하고 명월은 다시 나귀에서 내리며 가슴의 두근거림을 다 느끼인다.

글에서만 보고 그림에서만 보던 폭포를 이제 비로소 실경을 구경하게 됨이라 마음은 가까워질수록 더 급해진다.

"이 산모퉁이를 지나면 나오나보다!"

하고 산모퉁이를 돌아갈 때는 뛰어 가기까지 하였다. 그러나 멀리 골짜기 안에서 북을 울리는 듯한 은은하면서도 우렁찬 물소리만이 먼저 나올 뿐, 폭포는 아직도 다른 산모퉁이에 더 가려진 모양으로 보이지 않는다.

명월은 문득 귀법사(歸法寺)에 갔을 때 지족선사(知足禪師)를 찾던 생각이 났다. 신발 한 켤레 놓이지 않은 쓸쓸한 암자를 뒤꼍까지 돌아가면서 이 구석에서나 보일까 저 구석에서나 보일까 하고 숨을 죽이고, 머리칼이 쭈뼛거리는 것을 이방 저방 들여다보던 생각이 났다.

"폭포와 지족선사!"

생각해 보면 지족선사는 폭포보다 더 큰 것인 것 같다. 폭포에 비길 것이 아니라 폭포가 걸려 있는 천마산과 비길 사람 같다.

"산 같이 큰 사나이!"

그에게만은 세상의 뭇 사나이들처럼, 속빈 호언장담이나 처세를 위한 헛된 체면이나, 또 아내의 질투 같은 것도 있을 리 없으리라 생각된다.

"한 번 설법을 들어봤으면!"

하는 충동을 느끼는데 갑자기 맑은 하늘에서 천둥소리가 난다. 눈을 번쩍 들어 살피니 천둥이 아니라 물소리다.

우긋한 동천(洞天)이 산그늘 속에 트였는데 한줄기 흰 무지개가 뻗친 듯 휘움히 산마루에 걸들인 물은 아직도 먼 눈에서 보기에는 떨어진다기보다 알른알른 피어오르는 듯하다.

명월은 우뚝 서 바라본다.

우룽우룽 내려쫓는 물소리는 어서 가까이 오라는 듯하다. 찬바람이 휘끈휘끈 끼쳐나와 땀기는 어느 틈에 걷혀 버린다.

"살어리 살어리랏다.
청산에 살어리랏다.

머루랑 다래랑 먹고
청산에 살어리랏다

우러라 우러라 새여
자고 니러 우러라 새여

널라와 시름한(너와 함께 시름많은) 나도
　　자고 니러 울리로다"

를 부르며 폭포 앞으로 들어가서는 우선 술자리부터 펼치었다. 물에 한 잔, 마부에게 한 잔으로 서너 순배 돌아간 뒤에는 의복은 물론, 머리의 꼬지개까지 모조리 뽑아놓고 텀벙 물 속에 뛰어들었다.

　삼단 같은 머리까지 헤치고 나서는 먹을 내어 반석 위에 갈았다. 필랑에서 제일 큰 붓을 골라 보았으나 폭포 같은 힘찬 필흥(筆興)을 기울일 만한 붓이 없다.

　하릴없이 머리채를 겨드랑 밑으로 당기어 흥건하게 먹을 묻혔다.

　그리고 술마시던 반석으로 올라 이태백(李太白)이 여산폭포(廬山瀑布)에서 읊었다는 비류직하삼천척 의시은하낙구천(飛流直下三千尺 疑是銀河落九天—곧 바로 삼천 척이나 쏟아져 내려오니, 아마도 이게 하늘의 은하수가 내려 오는게 아닌가?—)의 열넉 자를 단김에 휘둘러 놓았다.

　그리고 이런 승지강산에 와서 남의 노래만 외일 것이 아니라 생각되어 위로 내리질리는 물을 우러러보며 아래로 용솟음치는 물을 굽어보며 즉흥에 솟는 대로 읊어내었다.

　　一派長川噴壑礱　　한줄기 긴 내 이 산골에 풍겨
　　籠湫百仞水潀潀　　떨어져 깊은 못에 물이 넘치네

飛泉倒瀉疑銀漢	날리는 샘 은하수가 거꾸로 쏟고
怒瀑橫垂宛白虹	성난 폭포 무지갠듯 비끼었구나
雹亂霆馳瀰洞府	우박 헐고 우뢰 달려 산골에 차고
珠舂玉碎徹晴空	옥 깨는 구슬방아 하늘 닿았네
遊人莫道廬山勝	사람아 여산 좋다 이르지 마소
順識天磨冠海東	천마산이 해동에선 제일이라네

『기아(箕雅)』(鷺山 譯)

좋으면 한 이틀 묵어볼까 하던 것을 박연에서 나흘이나 묵었다. 그리고도 떠나고 싶지는 않았으나 꿈자리가 하도 이상스러웠다.

꿈에 웬 젊은 선비를 만났다.

희고 야윈 얼굴이나 눈에는 정열이 이글이글 타는 사나인데 구름 같은 흰 옷을 끄을고 자꾸 옆에서 얼씬거렸다. 폭포 아래로 내려가면 아래로 따라 내려오고 폭포 위로 올라오면 위로 따라왔다.

어떻게 생각하면 벌레처럼 싫은 사나이여서 물 속으로 숨으면 곧 큰 잉어 같은 고기가 되어 쫓아들어 왔고 나뭇가지로 올라가면 큰 학 같은 새로도 변하여 어느 틈에 날아와 옆에 앉았다.

당신이 누구요 하고 분명히 물어 보면 아무 대답 없이 퍽 슬픈 얼굴만 보이고 묵묵히 있었다. 그 슬퍼하는 얼굴을 보고는 불현듯 그를 안아주고 싶어 팔을 벌리고 나아가면 그는 어느 틈에 아득한 먼 곳에 물러서서 무엇으로인지 가까이 와달라는 표정을 보이었다.

이런 꿈을 깨고 나서야 생각하니 그 선비는 모를 사나이가 아니다. 박연으로 오던 날 길에서 본, 그 병든 젊은이로 분명히 기억에 살아나는 것이다. 그러나 기분은 꿈 속에서 느끼던 것과 마찬가지로 어찌 생각하면 가슴이 섬쩍해서 뒷걸음질을 치고 싶고 또 어찌 생각하면 오래 정들었던 사나이처럼 애틋해서 곧 찾아가 보고 싶기도 해 지는 것이다.

아무튼 뒤숭숭한 꿈자리라 더 박연에 있기가 싫어졌다. 그래 이 날은 일어나는 길로 조반도 설치고 떠나 돌아오는데 마음이 무심한 꿈만으로 돌리기에는 지나치게 다감해진다. 물소리도 앞에 가는 물이 뒤에 오는 물을 그리워 부르는 것 같이 들리고 바람에 흔들리는 풀꽃도 나비를 따라 나르지 못하는 것을 한겨워하는 듯 보인다.

이렇듯 모든 것이 다정다한이만 들리고 보이는데 그 병막처럼 길녘에 외로이 놓인 집이 채 산모퉁이에서 드러나기도 전에 처량한 울음소리가 흘러 왔다. 나귀를 세우고 자세히 들으니 분명한 울음소리다. 가까이 이르러 마부더러 알아오게 하니 그 젊은 병인, 고독한 눈의 주인공의 죽음이었다.

명월은 나귀에서 떨어지는 듯 가슴이 철렁하였다.

며칠 전에 이 길 위에서 받아 읽어보던 그의 글귀가 날아오는 화살처럼 머리에 와 새로 박힌다.

현몽까지 된 것을 생각하면 자기로 해서 든 병은 아니었지만 자기로 해서 하루라도 일찍 죽은 것만 같이 생각되는 것이다.

명월은 몇 번이나 나귀에서 떨어질 뻔하면서 왔다.

집에 와서도 옷이 몸에 붙지 않고 평지에서 자꾸 발이 헛놓였다.

젊은 몸이라, 젊은 정이라 그 고독한 눈의 사나이가 제 정인이었던것처럼 그를 임종에서라도 즐겁게 해주지 못한 것이 한이 되기도 한다.

죽은 넋이라도 이쪽만 원망하는 듯해서 한 장 노래를 지어 며칠은 정성껏 이 노래만 부르기도 하였다.

"어져 내일이야 그릴 줄을 모르던가
이시라 하드면 가랴마는 제 구타여
보내고 그리는 정은 나도 몰라하노라"

『청구영언(靑丘永言)』

황진이 하편

　뒤숭숭하던 심사를 박연에나 가서 홀가분히 씻고 오리라 하였던 것이, 그 이름도 모를 젊은이의 죽음으로 말미암아 도리어 더 한가닥 어지러워만 오고 말았다. 그 눈, 그 이즈러진 말처럼 가슴이 섬찍해 보이던 눈, 그의 눈이 자꾸 눈에 밟힌다. 그뿐 아니라, 전날 온전히 자기 때문에 청춘을 버린 그 보도 못한 총각의 환상이 문득문득 손에 잡힐 듯 얼씬거린다.
　어찌 생각하면 그 총각과 이번의 젊은이가 한사람 같은 착각도 일어난다. 총각의 그 슬픈 넋이 자기의 지나는 외로운 길목을 엿보아 오다, 그렇듯 애달픈 모양으로 나타났던 것만 같아, 이제는 아늑한 내 방 안에 있되, 주위가 무시무시해 들어온다.
　어떤 순간에는 옆에서 확실히 움직이는 것이 있어 홱 정신을 차려 둘러보면, 보이는 것은 고요한 채인 문갑이요, 거문고요, 책 쌓인 탁자뿐이다.

명월은 소름이 오싹 돋는다.

뒤로 뭉기적거려 등을 벽으로 갖다붙여 본다.

벽, 등을 기대이는 벽, 그런 벽 같은 누구에게 꽉 기대어 보고 싶어진다.

가만히 눈을 감았다.

어딘지 돌아갈 데가 이 집 말고 따로 있는 것만 같다.

울컥 뜨거운 혈조가 뺨으로 몰린다.

"어허 어드메런가

이내 심혼

돌아갈 곳은……"

명월은 활연히 자리를 나앉는다.

"나도 이럴망정 세상에 인자(人子)러니

무상을 생각하니 다 거짓것이로다.

부모전에 받은 얼굴

죽은 뒤에 속절없다.

저근덧 저근덧 마음을 깨쳐

세사를 후리치고 부모전에 하직하고

"단표자 일납의(單瓢子一衲衣)로
청려장(靑藜杖)을 비껴잡고
명산을 찾아들어
선지석(善知釋)을 친견하야
이 마음을 밝히리라……"

후유— 한숨을 지고, 옷고름을 끌렀다. 그리고 잠깐 망연히 먼 곳에 눈을 던져 목을 쉬었다가 다시 부르기를 계속한다.

"천경만론(千經萬論)을 낱낱이 추심하여
육적(六賊)을 잡으리라
허공마(虛空馬) 치켜타고 막야검(莫邪劒)을 비껴들고
오온산(五蘊山)을 찾아가니
산천은 첩첩한데 사상산(四相山)이 더욱 높다.
육근문두(六根門頭)에 자취 없는 도적은
나며 들며 하는 중에
번뇌심 버혀내고
육도(六度)로 배를 모아
삼계해(三界海) 건느랴고
염불중생 실어두고 삼승(三乘) 돛대에 일승돛 달아두니
춘풍이 순히 불고 백운이 떠도는데
인간을 생각하니 슬프고 설운지라……"

여기까지 부르고는 가사가 막힌다. 놀이에서는 별로 불러보지 않던 나옹화상(懶翁和尙)의 서왕가(西往歌)다. 제가 부르고도 회심한 생각이 절로 들어 누구 때문이요 무슨 까닭이라고 꼭 집어낼 수는 없되, 눈물은 아픈 데가 있는 듯이 방울방울 맺혀 떨어진다.

"나같이 죄업 많은 몸이 다시 어디 있으랴!"

몸부림이라도 치고 싶어진다.

"선지석을 친견하여…… 선지석이 어디 있노?"

명월은 이윽고 생각하다가,

"지족! 지족선사가!"

하고 소리를 쳤다.

"지족선사를 친견하야 이 마음을 밝히리라……"

명월의 홧홧하던 가슴 속에는 서늘한 바람이 지나간다.

　"육근문두에 자취 없는 도적은
　나며 들며 하는 중에
　번뇌심 버혀내고……"

금시로 더럽힌 육근신(六根身) 가닥가닥에 맑은 법수(法水)가 촬—촬 씻어 흐르는 것 같다.

지체할 것 없이 곧 지족암으로 달려가서 지족선사에게 머리를 조아려 도를 구하리라 결심하여진다.

명월은 홀연히 자리를 일었다.

주렴 밖을 내다본다.

선지덩이 같은 모란꽃은 점점이 흩날려 땅바닥을 물들였다.

고요하다.

나비도 없다.

부얼의 소리도 없다.

이즈러져 가는 자기 청춘이 쏟아놓은 피를 보는 듯 뼛속에 사무치는 아픔이 있다.

명월은 선뜻 손을 올려 비녀를 잡는다.

선뜻 놓는다.

그러나 다시 잡는다.

잡힌 비녀는 뽑혀진다.

검은 구름 같은 머리채는 치렁치렁 허리를 미끄러지며 내려흐른다.

명월은 비녀를 던지고 가새를 집었다.

가새 끝은 떨리었으나 엉킨 실태나 자르듯, 썩둑썩둑 머리채를 잘라 떨어 뜨린다.

숲이 우거져 길이 끊어진 데도 많았으나 한 번 와보아 눈짐작은 남은 길이라 명월은 그리 헤매이지 않고 지족암에 이르렀을 제는 날은 이미 땅거미 질 때였다.

암자는 옛 모양대로 한적하다.

먼지 앉은 툇마루에 빗물 자국만 새로울 뿐, 풍경 소리까지도

옛적에 울린 것이 다시 돌아오는 듯 태고연스럽다.

　명월은 머리 쪽이 있던 자리에, 아니 하리라 하면서도 저도 모르게 또 한번 손이 올라가 더듬었다. 손은 또 한번 빈 전대에 넣었던 것처럼 허전하다. 이 허전한 모든 것을 채워줄 이가 지족선사라 다시 한 번 마음에 새기고,

　"나무아미타—불"

까지 한 번 가만히 부르면서 그 어웅한 석벽 밑을 돌아 들어갔다.

　벌써 여기는 어두침침하였다.

　그러나 웬일인지 명월은 무섭지는 않다.

　방문도 그전처럼 열뜨린 채 있다. 북향으로 이 뙤창문 하나밖에 없는 방안은 어느덧 짙은 어둠이 들어 있었다.

　명월은 가슴이 띈다.

　남몰래 언약한 정인을 찾듯, 사뿐사뿐 가벼운 걸음으로 치맛자락을 즈려밟으며 문 앞으로 나아갔다.

　희미하게나마 선사의 모양은 어둠을 밀어내며 떠오른다.

　명월은 얼른 두 손길을 마주잡고 고요히 허리를 굽혔다.

　선사의 자비한 손길은 이내 움직여 머리를 쓰다듬어 주는 듯해서 허리를 펴며 눈을 떴다.

　선사는 그저 앉은 채 동함이 없다. 선사의 얼굴은 차츰 또렷해진다. 솔잎까지 덮였던 그 거친 머리털과 수염은 먹처럼 진해오는 어둠에 묻혀 버리고, 뽀—얀 얼굴만이 공중에 뜬 듯, 환—하게 빛을 내며 솟는다.

"오!"

명월은 눈이 부시다. 주춤 물러섰다. 차돌 같은 맑은 살빛, 그 초연한 풍경, 흙에 앉은 선승이 무어냐, 옥경선관(玉京仙官)이란 이런 사나이가 아닌가 생각이 든다.

명월은 얼었던 몸이 녹듯 사지가 찌르르해진다.

전신에 불붙는 배암이 꼬리를 치며 달아난다.

확 달아오르는 입술, 차돌이라도 물어떼고 싶다.

부르르 떨린다.

사나이!

안아보기에는 품이 벌듯 큰 사나이!

우뚝한 사나이!

명월은,

"오! 지족!"

불러놓고 제 소리에 정신을 차릴 때는, 명월은 선사의 무릎 위에 쓰러진 자기 자신을 발견한다.

소스라쳐 물러나니, 선사는 역시 부동의 자세대로다. 손가락 하나는커녕, 눈썹 한오리 움직이지 않은 듯, 돌부처 그대로 태연할 뿐이다.

"뭐!……"

명월은 소름이 오싹 끼친다.

아무리 옹송그리고 쳐다보아야 지족은 꼼짝이 없다.

몸은 이 방에 앉았으되 그의 정신은 몇억만 리 밖에 물러가 있다. 소리를 지르는 것쯤으로는 그가 알아들어 줄 듯싶지 않다.
 명월은 비실비실 그의 뒤를 돌아 밖으로 나오고 만다.
 이슬 내린 산돌에 엎드려 한식경이나 지나도록 정신을 가다듬었다. 하늘은 어느 틈에 찬란한 별밭이다.
 멀―리 맞은편 산 너머로 별똥이 떨어지기도 한다.
 뒷산에서는 부엉이가 구슬프게 운다.
 "부엉새는 어찌해 우나? 외로워설까? 전나무는 저렇게 태연하건만, 아니 지족선사도 태연하건만 나는 어째 외로우면 괴로운가?"
 명월은 봉긋한 제 가슴을 붙안아 본다.
 "이 정의 덩어리! 애욕의 덩치!"
하고 한숨을 지었으나 당장에 어쩔 수는 없다.
 "날 괴롭히는 정의 덩어리니 내것이 아니로라 버리면 고만 아닌가?"
하여보나 무슨 방법으로 자기가 자기 몸을 떠나 버릴지 답답하다. 다시 지족선사에게로 달려가 그것을 묻고 싶었으나 아까보다는 지족이 무서워진다.
 밤이 들수록 이슬은 더 차거워만 진다.
 처마 밑으로 들어왔다.
 손 한 번이라도 내려 쓸어주지 않은 지족이 야속한 마음도 들어간다. 야속하거니 하면 지족도 산속도 다 무서워진다.
 배도 고파진다. 춥기도 하다. 졸립기도 하다. 사지가 아프기도 하다.
 더욱 외로웁다.

"이렇게 괴로운걸 어찌 아닌 체 할꼬?"
하늘은 말이 없다.
별들만 반짝인다.
"반짝이는 별도 반짝거리기 때문에 아름답지 않으냐? 살고도 죽은 체하라는 법이 어딨나? 그게 불도란 말인가?"
명월은 그 아닌 체 태연할 수가 없다.
깜박 잠이 들었다가도 이런 걱정에 소스라쳐 깨곤 한다. 깨었다가도 우선 이밤을 여기서 새야겠다는 생각에서 몸을 옹송그려 잠에 든다. 잠은 바람 소리에도 깨이곤 하다가 이번에는 누구인지, 완연히 어깨를 툭툭 치는 손길에 놀라 눈을 뜬다.

앞은 그저 보이지 않는다.
한참 눈을 더듬으니 멀―리 동은 희끄므레 트이기 시작하나 앞에 우뚝 가려선 그림자는 얼굴이 보이지 않는다.
명월은 옷매무시부터 여미며,
"누구요?"
물었다. 그자는 말이 없다. 움직이지도 않는다. 이윽고 살피니 지족선사는 아닌 듯하다. 명월은 놀람과 추움에 진저리를 치며 다시 동쪽을 보았다. 큰 성문이 열린듯, 아침빛이 장엄하게 트여오른다.
"누군데 남 놀랄 생각 못하고 말없이 떡 막어섰어? 벙어리야?"
하니까,
"허! 놀랐으면 안됐소. 난 이 아래 큰절서 올라왔소. 그런데 어쩐 일로 남정네도 아닌데 이런 데서 노숙을 하시오?"
물으며 어렴풋한 속에서나마 잘리어진 이쪽의 머리 밑을 유심히 내려다본다.

　순간순간으로 어둠은 엷어진다.

　이 큰절에서 올라왔다는 사람은 목소리로도 알았거니와 지족선사보다 훨씬 늙은 중이다. 명월은 이 늙은 중더러 자기가 지족선사에게 구도하러 온 뜻을 대강 말하니, 그는 한참이나 더 명월의 얼굴만 들여다보다가,

　"도로 나려가시오."
하는 것이다.

　연고를 물으니,

　"그대는 잠시 보아도 재화가 너무 찬란해, 산당에 쉬이 좌정될 인물이 아니며 또 우리 지족스님은 아무와도 변설을 끊으신 지 여러 해째야, 더구나 요즘은 벌써 사오 삭째 눕질 않으셔, 기다린 댔자 언제 출정하실지 몰라, 또 본조에 들어선 국법으로 금하니 부녀자가 절에 들면 절에 화가 미쳐……"
하는 것이다.

　명월은 잠잠히 앉았다가 그 늙은 중이 뒤꼍으로 들어감을 따라가 보았다.

　늙은 중은 가만가만 지족선사의 방 앞으로 갔다. 잠깐 합장하고 서 무어라 입 속으로 중중거리더니 돌아서 석벽 밑으로 갔다. 알른알른한 바릿대를 돌확에 고인 물에 부시더니 철철철 떨어지는

샘물을 받는다.

 한 그릇 가득 고이어서 늠실늠실 넘칠 때에야 가만히 윗물을 따라 버리더니 한 손바닥으로 그릇 밑을 씻어서 공손히 지족선사의 방에 들여놓는다. 그리고는 다시 아까와 같이 합장을 하고 몇 번 국궁하더니 바깥으로 나왔고 나와서는 돌아보지도 않고 아랫길로 털레털레 내려가는 것이다.

 "저런, 무심한 늙은이 같으니!"
 명월은 어이가 없다.
 자기가 여태껏 여기 온 사정을 말하였으니 적으나 하면 내려갈 때는 다시 한 번 의논성스럽게 인삿말이라도 있어야 할 터인데 무인지경처럼 덤덤히 앞을 지나 내려갈 뿐이다.
 명월은 그를 불러보고 싶지는 않았다. 그를 따라 아랫절로 내려가고 싶지도 않다.
 떨리는 몸을 마루 끝에 옹그리고 앉아 아침해가 돋아 오르는 것만 내려다 본다.
 해는 얼른 솟지 않는다. 첩첩한 산갈피 위로 주홍물을 풀어 흩뜨리는 듯, 치마가 다 당홍이 되도록 진한 광채만 올려 뻗치더니 그것이 차츰 엷어지면서야 산갈피에 잠긴 안개들이 제 빛을 내기 시작한다.
 어느 틈에 샛별들은 하나도 남지 않고 꺼져 버렸다.
 어둠이란 어느 구름 속 한 갈피에도 남아 있지 않다.

새들이 울기 시작한다.

해는 그래도 보이지 않다가 건너편 극락봉 머리가 먼저 금관을 쓰듯, 찬란히 빛나더니 아득한 구름바다 속에서 연지를 물었던 혀끝 같은 것이 나붓이 올려솟는다.

이슬은 풀잎, 나뭇잎마다 맺히어서 풀잎, 나뭇잎마다 해가 뜬다.

산새들이 갑자기 더 재재거린다. 큰 솔개 한 마리가 어디서 잤는지 나래를 한 일자로 펴고 산비냥을 화살처럼 돌아나간다.

명월은 성큼 일어나 팔을 벌렸다.

천지의 운행하는 조화를 손으로 만지는 듯하다.

'오 거룩한 아침! 삼라만상이 모다 깨이지 않는가?

빛나지 않는가?

모다 노래하고 우쭐거리고 날지 않는가?

자연이 지어준 대로 사는 것이 선이요 진리요 또한 그게 자연의 본체가 아닌가?'

명월은 곧 뒤꼍으로 뛰어가 지족을 불러내어 이 모두 깨어나 움직이기 시작하는 빛나는 아침을 보여주고 싶다. 그리고 그대가 자연스런 생활을 버림은 자연에의 반역이 아닌가 묻고 싶다.

    산당정야좌무언(山堂靜夜坐無言:산 속 법당에 한밤중 말없이 앉았노라니)

    요요적적본자연(廖廖寂寂本自然:고모한 적막 가운데 인간 본래의 모습을 찾아든다)

이란, 금강경(金剛經)의 한 구가 생각나기도 한다.

'그럼, 새가 지저귀고 물이 흘러가는 건 거짓 자연이란 말인가? 살고도 죽은 체 고요한 것만이 자연이요 산 것을 산 체하는 건 자연 아니란 말인가? 난 산 것에 의지하고 싶지 죽은 것에 의지하고 싶지는 않다. 정지한 것에 의지하는 건 죽는 것이 아니고 무어냐?'

명월은 쭈루루 달려 정말 다시 뒤꼍으로 들어갔다.

"지족?"

소리를 질렀다.

지족은 역시 거들떠보지도 않는다.

"지족?"

그래도 대답이 없이 태연하다.

명월은 아니꼬운 생각이 치민다.

주위를 둘러보았다.

처마 끝에서 떨어진 것인 듯 주먹만한 진흙덩이 하나가 툇돌 위에 굴려져 있다.

명월은 성큼 집어든다.

"지족?"

지족은 얼굴빛도 달라지지 않는다. 명월은 흙덩이 든 팔을 후리쳤다.

흙덩이는 지족의 어깨를 때리고 우수수 부서져 떨어진다.

그래도 지족은 끄떡이 없다.

명월은 풀썩 주저앉았다.

햇발은 명월의 등솔기를 비친다. 얼었던 핏줄이 가닥가닥 풀리는 듯, 새파랗던 손바닥도 복사꽃처럼 피어오른다. 젊은 핏줄이 다시금 부풀어 오를수록 머리를 끊고까지 찾아온 여기도 아직 자기의 처할 바 안도가 아님을 느낀다. 자기는 도(道)에 애달픔이 아니었고 정(情)에 애달팠음을 깨닫는다.

명월은 큰절로 내려와 요기를 얻어 하고 산을 내려왔다.

그러나 명월은 집으로 돌아오지는 않는다.

집으로 돌아온대야 누가 반길 것인가, 저편이 반길 사람이야 문전이 저자를 이루어 걱정이지만 이편이 반길 사람은 송경 안이 넓다 해도 단 한 사람이 꼽혀지지 않는다.

산을 내려올 때부터 심중에 생각한 것은 서경덕(徐敬德)이다.

그의 이름도 원근에 떨친 지 오래니 그의 학덕은 으레 높은 것이려니와 그의 장부로서의 기국이 또한 준초할 것을 믿었다. 무명실 한 태를 중둥을 잘라 허리에 띠고 구성제를 넘어 화곡(花谷)으로 향하였다.

굳이 차마선(車馬宣)을 피한 곳이라 동구에 다다르매 맑은 시내가 먼저 길을 막아 속진은 미리 여기서 떨고 들어가라는 듯하다. 양치하고 세수하고 버선을 뽑고 탁족까지 한 후에 징검다리를 건너섰다.

길을 넘는 삼밭(麻田) 속으로 퇴락한 고옥 한 채가 은은히 나타난다. 글 읽는 소리에 잠시 귀를 기울였다가 김매는 아이에게 선

생을 물으니,

"저기 조대(釣臺)에 계십니다."

한다.

 가리키는 대로 밭머리를 돌아가니 저만치 물소리 새로운 곳에 그늘이 짙은 정자나무 한 채가 섰다. 그 밑은 반석인 듯한데 두어 사람의 그림자가 나타난다. 조심조심 반석 가까이 나아갔다. 반석 위에서는 이야기를 그친다.

 "화담 선생을 뵈옵자 왔습니다."

한즉, 심의(深衣)에 폭건(幅巾)을 쓴 노인이 뒷자리에서 일어나며 혼연히 맞는다.

 생각턴 것보다는 훨씬 노인이다.

 살은 말랐으나 웃음으로 퍽 부드러워 보이는 얼굴인데 반백이 넘은 수염은 무엇을 생각할 적마다 부비는 듯 끝이 붓끝처럼 뾰족하다.

 올라가 공손히 절하고,

 "몸이 천미하오나 선생의 고명하심을 듣잡고 수학코져 왔습니다."

한즉, 잠깐 명월의 얼굴과 잘린 머리와 옷매무시를 유심히 살피더니 두어번 고개를 끄덕이고,

 "잠깐 거기 앉어."

하고 자리를 가리킨다.

 그리고 화담은 곧 손과의 이야기를 계속한다.

화담은 손을 아우님이라 부르고, 손은 화담을 형님이라 부른다.

화담은 모발은 희었으나 아직 안정(眼精)이 푸르고 골격이 강초하다. 사나이는 늙어도 사나이라는 지식은 명월이 이미 가진 지 오래다. 명월은 마음속에 한번 미소를 머금고 주위를 둘러본다.

서재가 아니라 책은 한 권도 보이지 않는데 정자나무 밑둥에 대필로 불 화(火) 한 자를 써서 붙인 것이 이상하게 보인다.

개울 건너로는 울멍줄멍 흘러내려오던 산맥이 갑자기 흙을 떨고 깍아지른 듯한 석벽이 되어 서남쪽을 뺑 병풍으로 둘러놓는다.

물은 그 밑에 충충히 머물러 소를 이루었다.

"허허……"

화담의 웃는 소리에 명월은 정신을 차린다.

손은,

"형님 제 말이 곧이들리지 않습니까?"

한다.

화담은,

"그럼 아우님의 재줄 한 가지 구경할까?"

한다.

그러니까 손은 앞에 놓인 물대접을 다가놓더니, 종이쪽에 고기 어(魚)자를 써서 담그는 것이다. 그러자 물만 담겼던 대접 안에 웬 손뼉 같은 붕어 한 마리가 꼬리를 철썩거려 물을 엎지르는 것이다.

명월은 입을 딱 벌리었다.

그러나 화담은 빙그레 굳이 웃을 뿐이더니 아우가 들었던 붓을 받아 자기는 용 룡(籠)자를 써서 흘러가는 냇물에 던지는 것이다. 그러니까 갑자기 햇빛이 어두워지며 동천에 운무가 자욱히 끼더니 우뢰 소리가 일어나고 청룡황룡이 뒤트는 것이다.

화담만 태연할 뿐, 그의 아우와 명월은 모골이 초연해 엎디었다.

그러나 화담이 한 번 손을 들어 저으매 어느 틈에 용도 사라지고 운무도 사라진다.

그리고 화담은 아우더러,

"이만 것은 다 잡기(雜技)일세. 어찌 남아의 일생을 바쳐 할 것인가? 다시 가 명리지학(明理之學)을 공부하게."

하는 것이다. 그리고 명월을 향하여 자상히 웃으며,

"무서웠나?"

묻는다.

"무서웠습니다."

한즉,

"그럼 재미있는 걸 한 가지 보여줄까?"

하더니, 종이 한 쪽을 이번에는 여러 쪽으로 찢기만 하여 공중에 치뜨려 버린다. 여러 종이쪽들은 어느 틈에 종이가 아니요 희고 노란 나비들이 되어 펄펄펄 사방으로 날아가는 것이다.

나중에 명월은 정자나무 밑둥을 가리키고 불 화자의 뜻을 물으니 금목수화토(金木水火土)의 화(火)로서 요즘은 화의 이치를 생각하는 중이라 하였다.

이날 밤이다.

"저는 어디서 잡니까?"

물은 즉, 화담은,

"내곁에서 자라."

하였다.

명월은 어두운 단간방에 화담과 단둘이 누워 생각하기를,

'옳지! 화담도 인정이라 겉으로는 제자들의 난잡을 금하는 척하고 속으로는 역시 정욕이 있어 날 자기 곁에서 자라고 하는구나!'

하였다.

그러나 밤에 몇 번 잠을 깨어보았으나 화담은 그의 자리에서 조금도 벗어나는 일이 없이 쿨―쿨 마음 편히 자는 것이다.

이튿날은, 명월은 집으로 가서 술과 거문고를 안고 다시 돌아왔다.

밤이 늦도록 술과 거문고와 노래로 화담을 취케 한 후에 역시 이날밤도 화담의 옆에서 잤다.

취한 것은 명월이었다.

오래간만에 마신 감홍로(甘紅露)의 불길은 가슴 속에 뭉클거려 이리 누워도 편안치 않고 저리 누워도 자리가 잡히지 않는다. 나중에는 거문고를 끌어다 안고 잠이 들었다.

얼마쯤 자다 깨어보니 자기가 품은 것은 그저 거문고일 뿐, 화담은 결코 거문고를 밀치고 그 자리를 자기가 대신하지 않았다.

또 며칠 뒤였다.

밤 늦어 집으로 돌아오려던 명월은 동구 밖을 나섰다가 소나기

를 맞았다. 호주루하게 젖어 도로 뛰어들어왔다. 비 맞은 홑옷이라 명월의 살은 생선보다도 더 굼실거렸다.

"선생님 추워 이가 다 맞칩니다."

"그럼 벗어 말리어라."

명월은 옷을 벗어 널었다.

"절 그럼 좀 녹여주세요."

"그래."

화담은 태연히 팔을 벌려 실 한오리 걸드리지 않은 명월을 품어준다. 그러나 품었을 그뿐, 조금도 다른 빛이 보이지 않는다. 하 보이지 않는 것이 이상하여 새벽녘에는 가만히 물어보았다.

"선생님?"

"그래."

"선생님은 황송하오나 음양 이치를 모르십니까?"

"모를 리야 있나, 그걸 즐기면 다른 낙을 모르게 되는 거야."

"다른 낙이란 무엇입니까?"

"학락이지, 학문의 낙처럼 좋은 게 어딨나? 학은 낙할 것이로되, 음양은 낙할 것이 아니어, 공자님께서도 가이인불여조호아(加而人不如鳥乎)하시지 않았나? 사람이 새만 못해서 될 수 있나? 남녀간의 정욕은 생산을 위해 생긴 이치지 오락을 위해 있는 건 아니란 말일세. 그걸 오락하는 건 사람이 새만 못하단 말일세. 사람이 새만 못해 될 건가?"

하고 역시 태연히 잠이 드는 것이다.

밝는 날 아침, 명월은,

"선생은 과연 도저하옵니다."

하고 절하였다. 그리고 방긋이 웃으며,

"송도에 삼절(三絶)이 있습니다."

하였다.

"무엇인고?"

"일왈 박연(朴淵)의 절승이옵고 이왈 선생의 도덕(道德)이옵고 끝으로 소녀의 용모도 한몫 당할까 합니다."

화담도 명월의 선학(善謔)을 귀히 여겨 고개를 끄덕이며 웃어주었다.

그러나 명월은 화담의 밑에 있으면 있을수록 구속이 느껴졌다.

한 번은 뜰 앞에서 잘 자라던 복숭아 나무 하나가 시들기 시작하였다. 화담은 이상히 여겨 나와 보더니 누가 그 복숭아나무 밑에 흙과 돌을 많이 쌓아놓은 것을 보고 손수 그 흙과 돌을 다 치워놓았다. 복숭아 나무는 다시 싱싱해졌다.

"어쩐 연고오니까?"

물은 즉,

"뿌리 위에 압박하는 것이 많아 기색이 되었던 것이라."

하였다.

"선생은 어찌 나무에만 압박하면 기색하는 것을 아십니까?"

화담은 빙긋이 웃을 뿐이었다.

명월은 삼절의 하나로 화담의 도덕을 찬탄하기는 하였으나 사람에게서 자연을 너무 삭탈하려는 데는 오히려 반감이 나지 않을 수 없다. 양반이니 상인이니 하는 세상지체와 적자니 서자니 하는 가정도덕에 모두 아니꼬움과 구속만을 느끼다 못해 죽든지, 그렇지 않으면 한 번 산 사람답게 자유분방한 생활을 가져보리라 하고 표연히 화장에 몸을 던졌던 황진이, 그 명월이란 말속같이 째인 화담의 도덕 속에서 질식하지 않고 견뎌낼 재주가 없었다.

그러던 차에 마침 한양으로부터 역마(驛馬) 편에 편지 한 장이 내려왔다.

뜻밖에 송유수 대부인의 수연 놀이에서 만났던 엄수(嚴守)의 편지로서 선전관 이사종(宣傳官李士宗)이 송경으로 놀러가는데 아마 보름날쯤 석양이 될 듯하니 한번 만나보라는 것과 자기 생각에는 전에 한 말과 같이 평양의 이언방(李彦邦)이보다 소리의 격조가 자못 높다는 사연이다.

"명창 이사종이!"

진작부터 한번 만나보고 싶던 사나이다.

보름날이 되기를 기다려 한 병 술을 들고 천수원(天壽院)으로 나갔다.

고려 오백 년 동안, 송경 사람들이 가는 사람은 여기까지 따라와 보내었고 오는 사람은 여기까지 마중나와 기다리던, 눈물과 웃음의 천수원이었다. 고려가 망하고 서울이 한양으로 옮긴 뒤엔 텅—비인 터만 남았고, 성종(成宗)때 유수 이예(留守李芮)가 세웠다는 옛 정자 하나만이 쓸쓸히 넘어가는 석양을 받고 있다.

　멀―리 까뭇까뭇 나타나는 행인,

　"저가 이사종이 아닌가?"

하고 눈이 뚫어지게 바라보면, 그럴 듯이 보이어 가슴이 두근거리다가도, 가까이 오게 되면 문득 이사종이 같지는 않은 사람이 되고 만다.

　명월은 정자에 올라 지금 자기의 심정을 그대로 그린 듯한, 고려 사람 최사립(崔斯立)의 시를 생각하였다.

　　　天壽門前柳絮飛　천수문 앞에 버들가지 흩날리는데
　　　一壺來待故人歸　술 한병 준비하고 옛님 오기를 기다리네
　　　眼穿落日長程畔　기나긴 둑방에 지는해를 뚫어지게 보노라니
　　　多少行人近却非　나가는 사람들은 모두 그 님인가 착각했네

　다소행인근각비란, 지금 자기가 속고 섰는 것과 똑같아서 무릎을 치며 다시 읊었다. 읊으며 아무리 여러 사람의 그림자를 지키고 섰어도 가까이 오면 모두 당치 않은 사람들뿐이다.

　술병을 물에 채일 겸 다시 냇가로 내려왔다.

　하도 물이 맑길래 버선을 뽑고 발을 담갔다. 발을 담그니 몸까지 담그고 싶어진다. 버들숲이 우거진 언덕 밑으로 가서 옷을 벗고 목욕을 하며 물 위에 춤추는 낙조를 희롱하려니 멀지 않은 곳에서 홀연히 노랫소리가 흘러온다.

남자의 소리다.

　사실은 얼른 가려 들을 수 없으나 그 발운의 천연스러움이 범수의 소리가 아니다.

　"옳다 왔구나!"

　명월은 주섬주섬 옷을 입고 그 소리나는 곳을 향하여 언덕을 올라서니 달은 아직 희지 않으나 광채만은 취적봉(吹笛峰) 위에 솟아 있다.

　살몃살몃 소리가 울리는 곳으로 가까이 가니, 한 사나이가 행전의 먼지도 털지 않고 풀밭에 누워, 갓은 벗어 배 위에 얹고, 하늘을 쳐다보며 소리를 하는 것이다.

　물으나마나 소리를 들어 이사종이다.

　엄수의 말대로 이언방이보다 격이 높다. 생전 처음 듣는 명가객의 소리라 목 속이 근지러워 그냥 서서 배길 수가 없다. 저쪽의 곡조가 끝나기를 기다려 때마침 취적봉 위에 올려솟는 달을 바라보며 한 곡조 불러내었다.

　깜짝 놀라 일어나 앉아 갓부터 쓰는 이사종이, 명월의 소리를 다 듣고는,

　"에헴."

하고 기침을 내며 일어섰다.

　"소리만 들어도 뉘신지 알 만하외다."

　"피차 그러합니다."

하고 명월도 나서며 맞았다.

그 소리에 그 사람으로, 이사종의 기골이 또한 그 소리와 같이 호협하다. 같이 정자에 올라 한 병 술을 나눈 뒤에 소리는 술처럼 서로 사양하지 않았다.

가흥이 겨운 뒤에 남는 것은 정뿐이다.

정담은 나직하여 길에서도 주고 받으며 집에 들어서니 달은 제 먼저 와 불을 켠 듯, 창 위에 쏟아져 있었다.

정은 낡기를 잘하여 하루만 지내도 구정이라 벌써 명월과 이사종의 사이에는 품고는 못할 말이 없게 되었다.

명월이 편이 먼저 청하기를,

"내게 삼 년간 용게는 있으니 내집서 삼 년만 살아주시겠소?"
하니

"그말 듣던 중 반가운 소리요."

이사종은 생각할 것도 없이 단번에 승낙한다. 단번에 승낙할 뿐만 아니라 즉석에서 이어,

"내게도 한 삼 년 놀구 지낼 건 있으니 그담 삼 년은 내게 가 살아주려오?"
묻는다. 명월이 역시 그것을 물리치지 않는다. 그리고 사나이의 마음 과히 허랑할까 하여,

"청산은 내 뜻이요 녹수는 님의 정이라
녹수 흘러간들 청산이야 변할손가

녹수도 청산을 못잊어 울어 예어가난고"

부르니, 사종이 또한 그저 있을 리 없어, 옛노래 정석가(鄭石歌)의 한 절을 불러 화답하였다.

　　"무쇠로 철릭을 말아나난,
　　무쇠로 철릭을 말아나난
　　철사로 주름을 바고이다
　　그 옷이 다 헐어서야,
　　그 옷이 다 헐어서야
　　유덕하신 님 여해아와지이다."

　이사종은 송경에서 명월과 삼 년, 명월은 다시 한양에서 이사종과 삼 년, 합쳐 육 년의 광음이 바뀌는 동안, 명월의 청춘도 앞으로 흐를 것보다는, 이미 흘러가 버린 것이 더 많아졌다.
　"인생 부득 갱소년은 풍월 중에 진담이라더니!"
　명월은 이사종과 헤어지는 것보다 청춘과 헤어지는 것 같아 마음이 아프다.
　멀리 임진강 나루까지 따라온 이사종과 몇 잔 술로서 작별하고 오래간만에 혼자 나그네 되어 나룻배에 오르니, 지나간 일이 모두 그림자도 없는 한자리의 꿈이었다. 생각하면 지나간 일만이 꿈이 아니라 이제 몇 날을 더 살아가든지 역시 꿈 같은 인생일 뿐이다.

옛집으로 돌아간대야 더 오래 항간에 몸을 굴리어 정을 쏟을 만한 자리가 있을 것 같지 않다.

"허무하구나!"

강물은 보름 가까운 봄 조수라 눈이 모자라게 망망하다.

돌아보면 이사종의 그림자도 아득하다.

"백년을 해로한들 헤어지긴 마찬가지리라!"

명월은 이사종의 그림자에서 어리어진 눈물을 닦고 물을 내려다본다.

물은 흐리다.

그러나 비춰지는 얼굴은 아직도 흐리지는 않다.

배를 내리어 이사종의 그림자와도 손을 들어 하직하고 돌아서니 보이는 것은 산이요 물뿐이다.

"천생아재(天生我才) 쓸데없어
세상공명을 하직하고
양한수명(養閑壽命) 하야
운림처사(雲林處士) 되오리라"

망혜완보(芒鞋緩步)로 처사가(處士歌)를 부르며 멀―리 송악연봉(松嶽連峰)을 바라볼 때는 가지가지 옛일도 새로웁다.

"화담선생은 어떠신지? 지족은? 지족은? 지족은? 흥……"

명월은 지족이 그리웁다.

생각하면 이 사나이에게처럼 무안을 당해본 사나이는 없다. 육 년 전 일이지만 어제런 듯 소상하다.

저는 몸뚱이째 내던졌건만 손 한번 드는 일이 없었고, 흙덩이로 어깨를 쳐보았어야 눈썹 한오리 찡그리지 않는 사나이다.

지금도 생각하면 무안스럽다.

그러나 그리운 사나이다.

육 년 동안 두고 생각할 적마다 무안했고 무안하니까 머릿속에 떠오르는 지족을 한참씩 바라보곤 하였다. 한참씩 바라보노라니 그 절벽과 같은 사나이에게도 은근히 정이 들었다.

사실은 이사종이와 헤어진대서 반드시 옛집으로 돌아와야만 할 것은 아니었다. 진작부터 한운야학(閑雲野鶴)과 벗이 되어 구름 가듯, 학이 날듯, 널리 산천경개나 찾으며 소일하리라 하였으나 한 가지 배앝아 버릴 수도 없고 꿀꺽 삼켜 버릴 수도 없는 것이 이 지족이란 사나이의 굵직한 환상이었다.

무안한 것으로는 복수하기 위해, 우러러뵈는 것으로는 한번 얼러보기 위해 명월은 굳이 임진강을 건너 송악산을 향하여 걷는 것이다.

봄은 한양에만 아니요 송경에도였다.

비취 하늘에는 종달새가 떠 우지짖고, 이름은 있건, 없건, 각색 초목들은 윤택한 가지마다 꽃을 피워 드리웠다.

석양이 가까워서야 귀법사(歸法寺)에 다달았다.

옛절에도 봄은 새로워 진달래가 불붙듯 피었는데 여기저기 무심한 목동들이 소며 양을 몰아 풀을 뜯길 뿐, 탑머리조차 깨어져 떨어진 절 마당에는 중들의 그림자도 보기 드물다. 한때 영화를 고려의 국운(國運)과 같이 하던 귀법사로 보기에는 너무나 마음 아픈 데가 있다.

치성노구 때 걸었던 자리인 듯한 데서 숯검정을 하나 집어, 명월은 즉흥 몇 구를 석벽에 적어 놓는다.

古寺蕭然傍御溝	개울 곁 옛절은 쓸쓸하온데
夕陽喬木使人愁	석양에 키 큰 나무는 애를 끊노라
煙霞冷落殘僧夢	연하는 남은 중의 꿈속에 차고
歲月崢嶸破塔頭	깨어진 탑머리에 세월만 가네
黃鳳羽歸飛鳥雀	봉새 돌아간 뒤 참새만 날고
杜鵑花發牧羊牛	진달래 피었는제 소치는 것은
神嵩憶得繁華夢	한창이던 그 옛꿈 그리옵나니
豈意如今春似秋	이같이 쓸쓸할줄 알았으리오

『해어화사(解語花史)』(鷺山 譯)

진달래는 지족암으로 올라가는 데도 무데기 무데기 피었다. 굳이 꺾고 싶어서가 아니라 길을 막으니 한 가지 두 가지 꺾은 것이 암자에 다달았을 때는 줌이 벌게 모이었다.

명월은 부처님께나 이바지할 듯이 두 손으로 받들어 쥐고 뒤꼍으로 들어갔다.

거기는 아직도 겨울인 듯 음냉한 바람이 옷깃을 친다.

뛰는 마음으로 방 안부터 엿보니, 지족선사는 고금이 의연하게 앉아 있다.

명월은 주춤 물러섰다.

가슴 속에는 불의 화살이 푸르르 난다.

명월은 이내 석벽 밑으로 가 샘물로 목을 축였다. 그리고 목청을 다듬어 산이 울리라고 노래를 불러내었다. 신라(新羅)시절에 강릉태수(江陵太守)의 부인이 진달래 만발한 석벽 앞을 그냥 지나지 못해 섰는 것을 보고, 한 소를 끌고 가던 노인이,

"내 꺾어드리오리까?"

하고 불렀다는, 노인 헌화가(老人獻花歌)다.

"붉은 바윗가에
끌던 암소는 놓고지고
날 아니 부끄러 하신다면
꽃을 꺾어 드리오리다"

노래를 마치며 명월은 들었던 진달래꽃을 무데기째 지족에게로 드렸뜨렸다.

어떤 가지는 지족의 머리에 얹히고, 어떤 가지는 그의 어깨와 무릎에 얹히고, 그리고 어떤 가지는 눈앞에 드리우기도 하였다.

지족은 끄떡이 없다. 태연히 앉은 제자리에 놓인 채요 눈은 이미 던져진 그 벽에서 떠나지 않는다.

"하하! 하하하…"

요나한 명월의 웃음소리에 처마 밑의 박쥐만이 놀래어 달아날 뿐, 지족의 귀는 먹은 듯하다.

명월은 방 안으로 들어갔다.

지족에게 꽃이나 계집이 우습듯이, 명월에게도 또한 절이거나 선사거나가 다 우스웠다.

"여보? 지족?"

"……"

지족은 잠잠하다.

명월은 슬쩍 지족의 무릎에 쓰러지며 진달래 꽃가지에 휩싸인다. 끄떡이 없는 지족으로도 숨만은 쉬고 있었다. 턱 밑에서 피어오르는 꽃의 향기와 살의 향기,

"지족?"

불러보나 역시 대답은 없었으면서도 숨은 들이쉬고 내어쉬고 해야 하는 지족, 이윽고 지족은 눈을 벽에서 떨구어 자기의 턱 밑을 내려다본다.

봄 저녁 어스름 속에서 보는 꽃과 미인, 지족은 뚝 소리가 나게 목을 다시 든다.

"하하하……"

방자한 웃음소리, 그리고

"지족? 그대 같은 큰 위선덩어린 없는 거요!"
하고 명월은 일어나 앉으며 지족의 무릎을, 정신을 차리라는 듯이 탁 때렸다.

무릎을 맞아서라기보다 위선이란 말에 지족은 목을 움직인다.

물끄러미 명월의 얼굴을 내려다본다.

"봐야 난 사람이오 순진한 사람이오, 자연 그대로 사람이야, 당신처럼 위선덩어린 아니야."

"……"

지족은 무심히 볼 뿐이다. 반기지도, 노하지도 않는, 하늘같이 넓고 무심한 표정이다. 그 표정에 명월은 그만 웃어른에게 버릇없이 군 때처럼 서먹해짐을 감추지 못한다. 그러나 얼른 딴 데를 보며,

"흥."

하고 방싯 웃었다.

그리고 얼른 지족의 앉은 모양을 흉내내어 다리를 도사리고 손을 무릎 위에 포개어 놓고 좌선(坐禪)의 자세를 지었다. 그리고 다시 지족을 본다.

지족은 역시 무심한 얼굴이다.

또 방싯 웃어본다.

그래도 지족은 조금도 얼굴빛을 달리하지 않고 범범할 뿐으로 명월의 하는 모양을 보다가 다시 벽으로 눈을 돌려 버리는 것이다.

명월은 다리가 아프다.

곤하기도 하다.

지족이 보아주지도 않으니 이내 좌선의 자세를 헐고 지족의 무릎을 베고 다리를 뻗고 누워 버렸다.

그제는 벌써 보름 가까운 달이 떠서 방 맞은편 석벽을 환—히 비치고 있었다. 그 석벽에서 샘 흐르는 소리만 지적지적 들려온다.

"지족?"

"……"

대답은 하지 않으나 명월의 겨드랑 밑에 깔리었던 손을 지긋이 뽑는다.

"달 좀 봐요?"

"……"

또 대답은 없어도 완연히 바깥으로 얼굴을 돌린다. 돌려가지고는 멍—하니 한정없이 내다보고 있다.

들리는 것은 샘 흐르는 소리뿐.

명월은 지족의 무릎에 누운 채 전에 만월대(滿月臺)에서 이벽계수(李碧溪守)를 놀리느라고 지었던 단가를 불러내었다.

"청산리 벽계수야 수이 감을 자랑마라
일도창해하면 다시 오기 어려워라
명월이 만공산하니 쉬어간들 어떠리"

그리고는 모르는 척, 피곤하기도 한 김이라 잠들어 버리고 말았다.

얼마나 잤을까 맞은편 석벽에 비끼었던 달이 한 끝이 방 안에

든 것을 보아 꽤 멀리 밤의 위치가 바뀐 때였다. 어깨를 쓰다듬는 손길이 느껴져 깨었다. 그것은 지족의 후둘후둘 떨리는 손길이었다.

지족은,

"곤한가?"

하고 완연히 입을 떼어 말소리를 내어 묻는 것이다.

명월은 누운 채 그의 무릎을 벤 고개만 끄덕인다.

지족은 무슨 말을 더 할듯 할듯 하다가 지긋이 눈을 감는다.

그의 이마에는 굵다란 힘줄이 달빛에 그늘이 진다.

"지족?"

"……"

샘물 소리뿐.

"괴로우시오?"

"아—니."

하며 그는 꾸르륵 소리가 나게 침을 삼킨다.

"내가 지족을 흙덩어리로 때렸지?"

"……"

"생각하시오?"

"아무렴……"

지족은 못난이처럼 덤덤한 웃음을 픽 흘린다.

달빛은 구름 속에서 나오는지 심지를 돋아놓는 듯 더 쨍쨍해진다.

"아팠지요?"

"……"

"아프면서 안 아픈 체 했지요?"

"……"

"그게 위선 아니고 뭐요?"

"그래, 아픈 건 아픈 게여. 다른 별…… 별 건 아니여……"

"그럼 왜 꼼짝 안했소?"

"난 그때 공부가 끝난 게여……"

"……"

"난 그때 다 끝난 게여."

하며 지족은 명월의 어깨에 얹었던 손으로 명월의 팔을 꽉 움켜본다.

"그럼, 그게 벌써 육 년 전인데 왜 이적도록 이리구 앉았소?"

"그게여."

"그게라니?"

"구태 속살 경영할 건 아니여……"

하고 지족은 또 못난이같이 빙그레 웃는 것이다.

명월은 속으로

'이게 못난이가 아닌가?'

생각이 난다.

그러나 못난이로는 너무나 크다.

'아픈 건 아픈 게여. 다른 별 건 아니여…… 얼마나 단순한 말인가? 구태 속살 경영할 건 아니여…… 얼마나 변두리 없이 넓은 말인가? 지족이야말로 거물이로다! 붙잡을 모서리가 없는!'

생각이 고쳐 든다.

명월은 무릎을 치며 일어났다.

이런 거대한 사나이를 가져봄이 흐뭇하다.

지족도 여러 해 만에 자세를 고쳐 본다. 오래 고정되었던 사지는 삐그러지는 사개처럼 우직우직 소리가 난다.

달빛은 방 안에 요 하나를 편 만치 폭이 넓어졌다.

날이 트이자 지족과 명월은 함께 지족암을 나섰다. 그러나 지족과 명월은 같은 길을 걷지 않는다.

명월은 화곡으로 내려와 화담 선생께 문안이나 드리고 금강산으로 가리라 하여 동쪽 길을 택하니, 지족은 북쪽을 향하여 잠자코 산등을 넘어갔다.

화곡에 내려오니 산천은 예와 같되 인사는 예와 이제가 같지 않아 있었다.

화담 선생은 이미 고인이 된 지 해가 넘은 때였다. 서원 뒤에 모신 묘소로 올라가니 들풀만 푸르를 뿐, 선생의 말씀은 들리는 구석이 없다.

분향 재배한 후에 다시 조대로 내려왔다. 그 심의에 복건을 쓰고 앉았던 화담 선생의 모양이 어제런 듯 뚜렷하다.

그러나 그것은 어느덧 육 년 전의 환상이요, 한 번 꺼져 버린 그 환상은 억만년을 기다린들 다시 한 번 이 조대 위에 나타날 리 없는 것이다.

  반석은 고요하다.

  흘러가는 물소리만 중중거린다.

  명월은 노래 한 수를 지어 부르며 금강산 길을 향해 표연히 화곡을 나섰다.

    "산은 옛산이로되 물은 옛물 아니로다

    주야에 흘러가니 옛물이 이실손가

    인걸도 물과 같아여 가고 아니 오더라"

                『가곡원류(歌曲源流)』

책 뒤 에
- 이태준

■ 책 뒤에

　실상, 나는 황진이(黃眞伊)를 쓰기보다 읽고 싶어 한 사람이다. 중앙일보(中央日報)에 있을 때 몇 분 선배에게 두루 황진이를 청(請)해 보았으나 모다, 한번 써보고는 싶으나 기약을 할 수 없노라 하여 소원을 이루지 못하고 있던 것인데, 내가 동보(同報)의 객원(客員)으로 나앉으며 첫 청(請)을 받게 된 것이 공교롭게도 황진이였다.
　무슨 인연일까? 진이와 인연이니 인연만도 좋다마는 감당할 길이 망연하였다.
　누구나 다 아는 황진이, 누구나 다 좋아하는 황진이, 그러니까 젠체하고 붓을 들 용기가 나지 않았다. 더구나 문헌에 나타난 사적을 모아 보니 이름난 푼수로는 기록이 너무 영성(零星)함에랴. 이덕형『송도기이(松都記異)』에 드러난 것이 기중 소상한 편이라 하나 그것도 몇 줄 되지 않을 뿐 아니라 진이를 친히 보고 적은 것도 아니요 진이는 이미 타계(他界)에 간 지 여러 해 뒤 그의 외척되는 한모(韓某)라는 팔십 노인에게서 들은 바에 의지함이었다.
　진이의 심혼을 싱싱한 채 풍겨주기는 몇 수 안되나 그의 시편(詩篇)들인데, 그의 예술품이 아닌 이상, 그의 작품만으로도 내가 붙잡으려는 진이는 역시 구름에 아득할 뿐이었다. 게다가 나라는 위인이 풍월 한 장 읊을 줄 몰라, 제법 술자리 같은 데 을릴 줄 몰라, 고고(考古)에 어두워 기방정조(妓房情調)에 서툴러, 실로 명월 황진이 아래 옹졸하기 한 마리 남생이로다.

어찌 이러한 사나이의 붓끝에서 항아 명월이 웃음 한 번인들 제멋대로 웃었을 것이랴. 진이를 위해 욕됨이 큰 줄 모르지 않는다.

그러나 서투른 오입쟁이 용렬하긴 하여 그예 책까지 내이니, 이것이나마 첫 줄을 싣고 끝줄을 실어보지 못하는 중앙지(中央紙) 생각이 아니 날 수 없고, 참고자료로 시역(詩譯)으로 도와주심이 큰 위창(葦滄), 노산(鷺山), 가람, 희당(希堂), 여러 선배에게는 오직 땀흐르는 얼굴을 돌이킬 길이 없어 한다.

무인(戊寅) 2月 중순 계란(系蘭) 한 송이가 피인 날 저녁,

청초(青草) 우거진 곳에 자난다 누었난다.
홍안(紅顏)은 어데 두고 백골(白骨)만 묻혔난다.
잔(盞) 잡고 권(勸)할 이 없으니 그를 설어하노라.

일찍 백호(白湖) 임제(林齊)가 진이의 무덤에서 부른 노래를 읊조리며

상심루 주인(賞心樓主人) 적음

해설
어휘해설

□ 해설

역사적 인물의 소설적 형상화

이 병 렬 (숭실대학교)

황진이는 누구인가

조선 중종조의 송도(松都, 현재의 개성) 기생 '황진이'는 그녀가 남긴 몇 수의 시조와 송도삼절(松都三絶)이란 서경덕과의 일화, 그리고 백호 임제가 그녀의 무덤가에서 읊었다는 시조로 인해 우리에게 너무나도 친숙한 인물이 되어 있다. 혹자는 '한국의 사포'라 했고, 어떤 이는 '애상 속의 여상'이라 했으며, '기발한 시상(詩想)의 소유자', '끝없이 흐르는 여자 나그네' 혹은 '이인(異人)'이라고도 했다. 어쩌면 기생이었던 그녀의 신분과 그녀가 남긴 시조로 인해 그간의 여러 시인 문객들의 흠모의 대상이 되었는지도 모른다.

그러나 그녀의 생애는 정확하게 알려지지 않고 있다. 정작 그녀의 생몰년대조차 미궁에 빠져있는 형편임에도 불구하고 그녀가 남긴 시조 몇 수가 학문적 연구의 대상이 되고 있으며, 그녀의 삶이 여러 편의 시와 소설의 소재가 되는가 하면, 현대에 들어와서는 영화로 만들어지기까지 했다. 그렇다면 그녀의 무엇이 이렇게 만들고 있는가.

　베일에 가려 있는 그녀의 삶은 미화되고 모든 남성의 영원한 연인으로 그녀의 아름다움이 회자된다.

　'황진이'에 얽힌 일화들이 전하는 야담, 패설류에는 허균의 『식소록(識小錄)』, 유몽인의 『어우야담(於于野談)』, 이덕형의 『송도기이(松都記異)』, 황준량의 『금계필담(錦溪筆談)』, 김이재의 『중경지(中京誌)』, 홍중인의 『동국시화휘성(東國詩話彙成)』, 김택영의 『소호당집(韶護堂集)』 그리고 『조야휘언(朝野彙言)』, 『숭양기구전(崧陽耆舊傳)』 등이 있다.

　그런데 이러한 패설류를 통해 추정된 황진이의 실제 생존 연대는 가장 가까운 것이 50년 이상의 차이가 난다는 데에 문제점이 있다. 즉 이러한 패설류들이 과연 신뢰할 만한 자료인가라는 문제가 발생한다. 그러나 역사적인 직접 자료가 없는 형편이고 보니 이들 패설류에 나타난 기록을 토대로 그녀의 삶의 궤적을 추정할 수밖에 없다.

　우선 이들 패설류에 기록된 내용을 토대로 '황진이'의 삶을 따라가 보도록 하자.

●출생과 신분

　위에 열거한 패설류에 따르면 '황진이'는 '황진사의 서녀'이거나 아니면 '맹인의 딸(맹인 → 樂士는 반드시 장님으로 만들었음.「논어」참조')이다. 기록상으로는 '황진사의 서녀'라는 것이 다수를 차지한다. 게다가 그녀의 어머니가 진현금(陳玄琴-거문고를 타는 여자)이라는 기록도 보여 사실감을 더해준다. 그러나 이러한 기록들에는 그녀가 출생할 때, '이상한 향기가 방 안에 가득' 했다거나, '선녀가 나타나 찾았다'거나 아니면 '물을 떠 주었더니 반쯤 마시고 돌려주기에 먹어 보니 물이 아니고 술이'었고. 이것이 '합환주'가 되었다는 등 전설같은 기록이 보여진다.

단순히 맹녀지자로서 양반들의 술자리에서 익힌 지식이라든가 철저한 기생수업을 받았다든가 하였더라면 황진이가 남긴 몇편의 한시와 시조에서 나타난 것같은 품격높고 문학성이 강한 작품이 과연 나올 수가 있을 것인가, 하는 문제도 남는다.

한편 그녀의 신분에 관해서는 위의 기록들 모두 '명기(名妓)' 혹은 '명창(名娼)'으로 일컫고 있는데, 조선조의 기생들 중 '명기' 혹은 '명창'이라 불리우는 여인의 숫자를 감안해 볼 때 그녀가 송도의 뛰어난 기생이었음은 틀림이 없다 하겠다.

● 총각의 상여에 얽힌 일화

황진이가 열다섯 나던 해에 인근 동네의 총각이 죽어 그 상여가 황진이의 집 앞을 지날 때 상여가 움직이지 않아 그녀가 속적삼을 벗어 관을 덮어주니 그제야 움직였다는 기록이 있다. 흔히

이를 근거로 그녀가 양반의 서녀에서 기생이 되었다고 「숭양기구전(崧陽耆舊傳)」에 전해온다.

● 벽계수와의 인연

　종실(宗室)의 벽계수(碧溪水)란 자가 황진이가 명기임을 알고 한 번 만나보고자 하였으나 그녀는 '명사(名士)'가 아니면 만나주지 않았으므로 친구 손곡 이달(蓀谷 李達)에게 청을 하였다. 이달은 꾀를 내어 벽계수에게 '그대가 소동(小童)으로 하여금 협금수후(挾琴隨後)케하여 진이의 집을 지나 누(樓)에 올라 술을 마시고 일곡(一曲)을 부르면 진이가 와 그대 곁에 앉을 것이다. 그 때 본체만 체하고 일어나 나귀를 타고 가면 진이가 따라올 것이니 취적교(吹笛橋)를 지나 돌아보지 않으면 일은 성공이라'고 했다. 벽계수가 그 말대로 누 위에서 일곡을 부르고 일어나 취적교로 향하니 진이는 소동에게 물어 벽계수인 줄 알고 '청산리 벽계수야 수이감을 자랑마라'의 시조를 읊었다. 이를 듣고 벽계수는 취적교에 이르러 뒤를 돌아보다 낙마(落馬)했다. 진이가 이를 보고 웃으며 '이는 명사가 아니라 풍류랑(風流郞)이다' 하고 곧 돌아가 버렸다.

　정사에 기록된 벽계수의 실재를 확인할 수 없어 이 기록에 나타난 바를 그대로 믿을 수는 없을 것이다. 그러나 현재까지 전하는 시조와 이달의 등장, 그리고 이달과 「금계필담(錦溪筆談)」의 기록자인 황준량과의 관계로 미루어 있을 수 있는 이야기인 것만은 분명하다. 게다가 이 일화는 황진이의 인물됨을 엿보게도 하는 것이다.

●판서 소세양과의 교유

판서 소세양(蘇世讓)이 소시(小時)에 여색(女色)에 대해 강장(剛腸)하기로 자처하여 늘 친구들에게 장담하여 말하기를 '여색에 혹(惑)함은 남자가 아니다'라고 해왔다. 듣건대 개성에 절창 진이가 있다 하나 만일 나 같으면 30일만 같이 살면 능히 헤어질 수 있으며 그리고도 추호도 미련을 안갖겠다고 했다. 그러나 진이와 만나 30일을 살더니 그 마지막 되는 날 진이가 작별을 서글피 여겨 남루(南樓)에 올라가 주연(酒宴)을 베풀고 한 편의 시를 지었다. 이에 소 판서가 '오기비인재 위지갱유(吾其非人哉 爲之更留)'라고 하여 자기의 장담을 스스로 탄하면서 마음이 동하여 다시 머물렀다.

소세양은 윤임과 더불어 여러 상소를 통해 정쟁을 하다가 결국 향리로 물러난 기록이 중종실록에 있다. 이를 토대로 그의 사람됨과 40세 전후라는 사실을 감안할 때 충분히 있을 수 있는 일이며 황진이의 미색을 짐작하게 해 주는 일화라 할 수 있다.

●화담 서경덕과의 교유

황진이는 평생 화담 서경덕을 흠모했다고 한다. 물론 처음에는 서경덕을 유혹하려했던 것도 사실이다. 그러나 화담의 인물됨을 알아본 황진이는 책을 끼고 그를 찾아가 배우기까지 했으며, 그녀 스스로가 서화담과 박연폭포, 그리고 자신을 송도삼절(松都三絶)이라 칭했다고 한다. 그러나 서경덕의 문집에는 황진이에 관한 어떠한 기록도 전하지 않고 있다. 물론 이는 양반 사대부의 문집에 기생과의 교유를 기록한 예가 없어 그럴 수 있는 문제로 볼 수 있다.

그러나 『식소록』의 저자인 허균의 아버지가 허엽(許曄)이며, 그가 화담에게 사사한 것으로 보아 기록에 나타나는 황진이와 관련된 화담에 관한 내용은 신빙성이 있는 것으로 볼 수 있다.

● 면앙정 송순과의 교유

면앙정 송순(宋純)은 조선조 시조 문학의 대가로 잘 알려져 있다.

송순이 하루는 소연(小宴)을 베풀었는데 황진이가 나타나 모든 남정네들의 찬사를 받았으며, 관서명기(關西名妓)라고 자타가 공인하던 송공의 실내부인(室內夫人)을 질투의 도가니로 몰아넣었다. 한편 송순 대부인(大夫人)의 수연(壽宴)에 참석한 모든 기생들이 가지각색의 오색찬란한 비단 옷차림과 노리개와 분연지 등으로 미색을 다투고 있는 가운데 황진이만이 화장을 하지 않았지만 광채가 사람을 움직일 정도로 그 존재는 한떨기의 청초한 국화꽃과도 같이 이채를 띠었으며 외국의 사신들까지 '여국유천하절색(汝國有天下絶色)'이라 감탄하였다고 한다.

●지족선사와의 교유

　지족선사(知足禪師)는 송도 근교 깊은 산 속의 암자에서 30년 동안 면벽수도해 온 스님이었다. 송도 사람들은 그를 모두 생불이라 존경하였다. 황진이는 소복을 하고 그를 찾아가 슬픈 표정으로 자신을 청상이라 소개하고는 제자로 삼아달라고 애원하였다. 지족선사는 미녀의 출현에 어쩔 줄 몰라했고, 자신의 수양이 부족한 것으로 알고 귀신을 쫓는 주문을 외웠다. 황진이는 나중에 속옷차림으로 비를 맞고 살결을 다 드러낸 모습으로 다시 그를 찾아갔다. 결국 지족선사는 황진이의 유혹에 넘어가고 30년 면벽 수도도 공염불이 되고 말았다.

　면벽 30년이라면 조선조 불교의 으뜸으로 꼽을 수 있다. 그러나 조선의 정사 혹은 불교사에 '지족선사'에 관한 기록은 없다. 파계승이라는 면을 고려할 수 있으나, 이러한 기록들은 자신의 미색을 미끼로 남자들의 인격을 저울질했던 황진이의 면모를 미화하면서 다소 과장된 것이라 추정할 수 있다.

●이사종, 이언방, 이생, 엄수와의 교유

　선전관으로 있던 이사종(李士宗)은 명창으로 유명하였다. 그는 황진이의 명성을 듣고는 그녀와 교유하기를 원하여 그녀의 집 부근에 있는 천수원 냇가로 가 노래를 불렀다. 이윽고 황진이가 그의 노래 소리를 듣고는 노래를 부르는 사람이 이사종임을 알아내었다.

두 사람은 6년 동안의 계약으로 동거생활에 들어갔다. 먼저 3년은 황진이의 집에서, 나중 3년은 이사종의 집에서 살았는데, 그 집에서 산 3년 동안은 각기 생활비의 일체를 단독으로 부담했다. 약속한 6년이 지나자 황진이는 아무런 미련도 없이 헤어졌다고 한다.

한편 황진이는 이언방(李彦邦)이란 명창과도 교유한 것으로 나타난다. 이언방의 노래가 유명하다는 말을 듣고 황진이가 그를 찾아간다. 마침 노래를 하고 있던 이언방은 자신이 이언방의 동생이라 속인다. 그러나 황진이는 그의 손을 잡으며 노래 소리로 보아 이언방이 틀림없는데 어찌 속이려 드느냐고 하여 둘의 교유가 시작된다.

재상의 아들이라고만 알려진 이생(李生)과의 교유는 매우 특이하다. 이생은 그 사람됨이 호탕하여 황진이가 금강산 탐승의 동행을 요구했을 때 자진해서 나섰다. 곧 식량을 준비하여 단 둘이 떠났는데, 여러 곳을 구경하는 동안 식량이 떨어지고 말았다. 하는 수 없이 이 절 저 절로 구걸을 다녔는데, 그때마다 황진이가 중들에게 몸을 팔았다. 그러나 이생은 조금도 개의치 않았다고 한다.

이들 세 사람과의 교유는 황진이의 애정행각을 엿볼 수 있는 일화들로 다소 과장된 면이 없지 않다. 또한 호사가들에게 회자되면서 윤색된 것은 물론, 이사종과 이언방은 동일인으로 추정되기도 한다.

한편 가야금의 명인이라는 엄수(嚴守)와의 교유는 송도 유수 송공의 대부인 수연에서 이루어진다. 황진이의 노래를 듣고 있던 70이나 된 엄수가 그녀를 선녀와 같다고 극구 찬양했다는 것이다. 이를 계기로 명창과 명인의 연령을 초월한 교유가 이루어진 것으로, 두 사람의 직업으로 보아 이는 충분히 짐작할 수 있는 일이다.

● 죽음

앞에서 밝혔지만 황진이가 언제 어디에서 죽었는지는 정확하지가 않다. 다만 패설류에 황진이의 죽음은 특이하게 기록되어 있다.

그녀는 죽으면서 집안의 사람들에게 '곡을 하지 말고, 상여가 나갈 때에는 북이나 음악으로 인도하라'고 했다고 한다. 또한 '생전에 성격이 화려한 것을 좋아하였으니 사후에는 산에다 묻지 말고 대로변에 묻어달라'고 하여 지금도 송도의 대로변에 그녀의 무덤이 있다고 한다. 게다가 '나 때문에 천하의 남자가 자신들을 자애(自愛)하지 못했으니 내가 죽거든 관을 쓰지 말고 시체를 동문 밖 사수(沙水)에 그냥 내쳐두어 개미와 벌레들이 내 살을 뜯어 먹게 함으로써 천한 여자들의 경계를 삼으라'하여 그 말대로 버려두었더니 한 남자가 거두어 장사지냈다는 기록도 있다.

한편 백호 임제(白湖 林悌)가 황진이의 무덤을 지나다가 그녀를 그리는 시를 짓고 제사를 지냈다고 하여 조야(朝野)의 비난을 들었다는 기록이 있다.

청초 우거진 골에 자난다 누웠난다

홍안은 어데 두고 백골만 묻혔난다

잔 잡아 권할 이 없으니 그를 슬허 하노라

소설 속의 '황진이' – 역사적 인물의 소설적 형상화

이태준의 장편소설「황진이」는 1936년 6월 2일부터『조선중앙일보』에 연재되다가 그해 9월 4일 연재 중단된 후, 1938년 2월 동광당서점에서 단행본으로 출간되었으며, 해방 후인 1946년 8월 같은 출판사에서 재출간되었다.

상편, 중편, 하편 전체 세 부분으로 나뉘어 있는「황진이」의 서사적 줄거리는 다음과 같다.

황진이는 황진사의 서녀로 어머니 현금와 함께 송도에 산다. 그녀는 글과 글씨에 능하며 자색이 아름다웠는데 한양의 양반인 윤판서와 김참판의 자제 등과 혼담이 있었으나 서녀라는 이유로 몇 차례나 거절당하고 만다. 이에 그녀는 자신의 신분적 결함을 통탄한다.

한편 옆 동네 총각이 황진이의 자태에 반해 혼자 그리워하다가 상사병으로 죽는다. 그런데 그 총각의 상여가 황진이의 집 앞에 이르러 움직이지 않고, 우여곡절 끝에 황진이가 자신의 속적삼을 벗어 덮어주자 움직인다. 이를 계기로 황진이는 기생이 되기로 한다.

　기생이 된 황진이는 송도 유수의 꽃놀이에 참여한다. 송도 유수 송화영과, 김참판 그리고 기생 성산월이 참여한 자리에서 황진이는 시와 노래로 성산월을 압도하고, 송유수의 유혹을 받으나 기지로 피한다. 함께 있던 김참판은 처녀시절 혼담이 오갔던 총각의 아버지이다. 그 역시 황진이에게 눈독을 드린다.

　그러나 혼담이 있던 김참판의 아들 김지학을 우연히 만나 반은 향락으로 반은 그들 부자를 농락하기 위해 그와 잠자리를 같이한다. 그리고는 그를 김참판이 보낸 백마에 태워 집으로 보낸다.

　시문에 능하고 대제학을 지낸 학자인 소세양을 만나 30일의 동거생활에 들어갔다가 다시 한시를 지어 이별하려는 소세양을 주저앉히고, 여자에 대하여는 벽을 쌓았다고 자부하는 벽계수를 유혹하여 훼절시키는가 하면, 박연폭포를 찾아 마음을 정양하며 시를 읊기도 한다.

　황진이는 당대 도학군자로서의 서화담에 대한 칭송을 듣고 그를 찾아가 유혹하나 서화담은 움직이지 않는다. 이에 그를 스승으로 섬기기로 하고 자주 찾아가 그와 교유한다.

　송도 근교의 깊은 산 속 암자에서 20년 면벽 수도했다는 지족선사의 이야기를 듣고는 그를 유혹하여 20년 면벽수도를 공염불로 만들기도 한다.

명창 이언방을 만나고, 이어 악공 엄수와 교유하며, 선전관 이사종과 송도에서 삼년 한양에서 삼년을 지내기도 한다.
그러던 중 인생에 허무함을 느끼고 서화담의 묘에 예를 올린 후 금강산으로 향한다.

위에서 보듯이 이태준의 「황진이」에 서술된 서사적 줄거리는, 전항에서 밝힌, '황진이'와 관련된 패설류의 기록들과 거의 유사하다.
그렇다면 「황진이」를 통해 이태준이 말하고자 한 것은 무엇이었을까. 분명 사랑에 실패한 한 여인의 남성 편력이나 신분의 벽을 넘지 못한 조선조 기생의 한과 사랑만을 이야기하고자 한 것은 아닐 것이다. 그렇다고 이 작품을 통해 이태준이 '대의명분만을 찾고 실리성을 배제한 전세대에 대한 자신의 불만을 토로'했다는 평가도 주인공이 '기생' 황진이라는 면에서 설득력이 없어 보이며, 단순히 '민족적 낭만주의 예술소설'이라고 단정짓는 데에는 무리가 따른다.
무엇보다도 이태준 스스로가 '황진이를 쓰기보다는 읽고 싶어했'으며 신문사에 재직할 당시 '몇몇 선배에게 두루 황진이를 청해 보았으나 모두 한 번 써보고는 싶으나 기약을 할 수 없노라하여 소원을 이루지 못했다'고 밝힌 것을 주목할 필요가 있다. 이는 '황진이'를 통해 무엇을 말하고자 한 것이 아니라, '황진이' 그

자체에 대한 관심과 애정이라 할 수 있다.

  이태준의 경우, 백호 임제가 그러했듯이 후대의 문사로서 여인, 기생 그리고 가객 황진이에 대한 그리움의 발로에서 「황진이」가 씌여졌다고 해도 지나친 해석은 아닐 것이다. 이와 함께 역사적으로 실재했던 '황진이'란 한 여인의 삶을 통해 이태준은 왜 조선조 사회에서 그녀가 기생이 될 수밖에 없었으며, 이후 그러한 삶을 살아야만 했는가는 자연스럽게 말할 수 있었을 것이다.

  이를 위해 이태준은 비록 패설류라고는 하나 기록에 철저하게 의존하면서 혹은 허구화된 사건과 인물을 통해 그녀가 기생이 되는 과정, 그리고 그 후의 행동을 실감나게 그리고 있다. 특히 이태준은 황진이의 삶을 그리면서 그녀의 시조와 한시는 물론 향가(「헌화가」), 고려가요(「만전춘」, 「청산별곡」, 「정석가」 등), 시조(이개, 길재)와 기타 여러 한시를 배치하여 작품의 분위기 나아가 그녀의 심리까지 차분하게 드러내고 있다.

  더구나 이태준의 「황진이」는 후에 계속 발표되는 정한숙, 박종화, 안수길, 유주현, 정비석, 최인호, 김남환, 최정주 등의 「황진이」의 근간이 되었다고 해도 과언이 아닐 정도로 '「황진이」류 소설'의 초석이 되고 있다.

어휘해설

가이인불여조호아(加而人不如鳥乎) : 사람이 새보다 못하구나.
갈꽃 : 갈대꽃의 준말.
강장(剛腸) : 굳은 뱃속. 지조가 굳음.
경세가(經世家) : 정치가.
갱미 : 멥쌀.
갱소년 : 다시 소년으로 되다.
격절칭탄(擊節稱嘆) : 무릎치며 탄복함.
고담(高談) : 고상한 이야기.
고석뱅이 : 얼굴이 얽은 사람.
꼬지개 : 무엇을 꽂게 만드는 물건.
꽃당혜 : 꽃이 수놓아진 울이깊고 코가 작은 가죽신의 한가지.
꽃 훑는다 : 꽃이 떨어지다.
국궁 : 허리를 굽힘.
국수(國手) : 전국 최고의 솜씨.
금기시주(琴棋詩酒) : 거문고, 바둑, 시, 술.
금수패옥(錦繡貝玉) : 비단으로 수 놓은 끈에 매단 옥. 옛날 사람들이 차고 다녔다.
남남히 : 혀를 재게 놀려 알아들을 수 없이 재잘거리는 것.
남여(藍轝) : 남빛[쪽빛] 가마.
단표자일납의(單瓢子一衲衣) : 단표누항(單瓢陋巷)의 약자. 곧 가난한 사람, 일남의는 승려의 옷을 말함.
담장(淡裝) : 엷은 화장.
당길심 : 끌어당기는 힘.
대설대 : 담배설대.
덧뵈다 : 덧보이다. 보이는 위에 무엇이 겹쳐 보인다.
도고학박(道高學博) : 도(道)는 높고, 학식은 많음.
동저고릿바람 : ① 동저고리만 입고 있는 옷차림새
② 겉옷을 다 갖추어 입지 않은 차림새
③ 한복을 입으면서 조끼를 받쳐 입지 않고 입을때의 남자 저고리차림.
뙤창 : 되창. 벽에 조그맣게 낸 창문.
둘예 : (둘로) 두개로.
만전춘(滿殿春) : 고려가요에 나오는 작품 이름.
집안에 가득히 봄이 찾아옴.
말구 : 말귀.
망혜완보(芒鞋緩步) : 미투리 신고 천천히 걷는다.
면벽(面壁) : 담벼락을 바라봄.
명리지학(明理之學) : 도리(道理)를 밝

히는 학문. 곧 유교(儒敎)를 말함.
못백이 : 옹이가 박힌 것.
문불가점(文不加點) : 더 보탤 필요가 없는 훌륭한 문장.
물매미 : 물매미과에 속하는 물살이 곤충. 몸길이는 6-7.5mm이고 몸등면은 검고 윤기가 난다. 날개는 발달되었고 금빛나는 컴컴한 붉은 밤색이다. 못, 호수, 천천히 흐르는 물 겉면에서 맴돌이를 한다.
밀처밀소처소 : 빽빽한 곳은 빽빽하게 넓은 곳은 넓게 사용함.
반짇그릇 : 바느질 재료를 담은 그릇.
발운(發韻) : 여운을 일으킴.
배반(盃盤) : 술잔과 그것들을 놓는 쟁반.
법첩(法帖) : 글씨를 쓸 때 교범으로 사용하는 책.
베개마구리 : 베개옆면. 예전에 여기에 봉황. 수복강령 등의 수를 놓았다.
붓대 : 붓.
붕싯이(봉싯) : 소리없이 예쁘장하게 조금 입을 벌리고 웃는 모양을 나타내는 말.
빙탄(氷炭) : 얼음과 숯. 곧 서로 화합할 수 없음을 말함.
사재다 : 재빠르다.
사죽(絲竹) : 거문고나 피리같은 악기를 말함.
  사(絲)는 줄로 만든 악기(거문고 등) 죽(竹)은 피리.
삭발위니(削髮爲尼) : 머리를 깎고 중이 됨.
산갈피 : 여러 산 줄기들.

산남여 : 덮개없는 가마.
산대 : 산가지.
살대 : 화살.
삼복지경(三伏之境) : 일년 중 가장 더운 삼복 때 초복부터 말복까지는 20-30일 이다.
생랭(生冷) : 날것과 찬것.
생이지지(生而知之) : 태어나면서부터 모르는 것이 없음.
서산(書算) : 전날에, 글을 읽은 회수를 계산하기 위하여 쓰는 물건. 좁다란 종이를 간지봉처럼 만들어서 거죽에 눈을 다섯개씩 두 층으로 여며서 그 눈을 접었다 폈다 하여 셈을 나타낸다.
서산대(書算) : 전날에 글을 읽을때에 글자를 짚기도 하고 서산을 눌러두기도 하는 막대기.
석물(石物) : 돌로 만든 물건. 무덤에 세운 돌.
선웃음 : 억지 웃음.
선지(禪旨) : 불교에서 말하는 선(禪)의 요지(要旨).
선지석(善知釋) : 부처를 말함.
선학(善謔) : 농담을 잘함.
손각시 : 처녀로 죽은 여자가 귀신이 된 것.
송풍각시(松風閣詩) : 송풍각이란 정자에서 읊은 시.
수재(守宰) : 원님. 사또.
수채구멍 : ① 집안에서 버린물이 흘러가도록 만든 시설.
  ② 어떤 물건을 나르기 위하여 물이 흐르게 만든 시설.

시왕전(十王殿) : 저승세계에 있다고 하는 열명의 왕이 있는 집. 염라대왕을 상징.
신코 : 신발의 앞쪽 끝의 뾰족한 부분.
심의(深衣) : 귀인이 입던 옷.
습신 : 염습할때 시체에 신기는 신.
안뒤란 : (뒤울안) 안채에 딸린 뜰.
안족(雁足) : 거문고나 가야금에 줄을 버티게 세워놓은 것.
앙장 : 천장이나 가마위에 치는 휘장.
야반종성(夜半鐘聲) : 밤중에 울리는 종소리. 중국 당나라 때 시인 장계(張繼)의 시 〈풍교야박(楓橋夜泊)〉에 나오는 구절.
양한수명(養閑壽命) : 오래사는 것만 노력함.
어웅하다 : 굴이나 구멍 같은 것의 속이 휑하고 침침하다.
〈어웅하게 뚫린 굴〉
억천대계 : 헤아릴 수 없는 세상의 모든 것.
역답 : 말대꾸.
연기(年紀) : ① 대강의 나이. ② 자세하게 적은 연보(年報).
예리성(曳履聲) : 신발 뒤꿈치를 찍찍 끄는 소리.
오륙이 멀쩡하다 : 오장 육부가 멀쩡하다.
오온산(五蘊山) : 불교 교리에서의 오온. 곧 번뇌를 일으키는 것. 색깔, 수(受), 상(想), 행동(行), 앎(識).
옥골선풍(玉骨仙風) : 뼈대는 아름다워 신선같은 모습이 있음.
옥생각 : 순하게 펴서 대범하게 생각지 않고 옹졸하게 하는 생각.
〈꽁해서 말도 하지않고 옥생각 한다.〉
월궁(月宮) : 달나라 또는 달나라의 궁전.
외얽다 : 잘못 얽히다.
외화 : 겉치레, 겉모양.
요나하다 : 날씬하고 간들어지다.
〈요나한 명월의 웃음소리〉
우후청산(雨後靑山) : 비온뒤 맑게 개인 푸른 산.
운림처사(雲林處士) : 세상을 피해 산 속에 사는 사람.
원업 : 불교에서 말하는 원망의 업보.
월침삼경(月沈三更) : 달이 한밤중에 떠 있음. 곧 한밤중이란 말.
유재유재 전전반측(悠哉悠哉 輾轉反側) : 님생각이 너무 나서 잠 못이루고 엎치락 뒤치락 함.
육근문두(六根門頭) : 사람을 미혹시키는 여섯가지 근원. 눈, 코, 귀, 혀, 몸뚱이, 생각.
육적(六賊) : 불교에서 말하는 여섯가지 욕심. 색깔, 소리, 향기, 맛, 감촉, 법(法).
율객공인(律客工人) : 노래하는 사람.
의시옥인래(疑是玉人來) : 아마도 옥(玉)처럼 생긴 미인이 오는가 보다.
인수(印綬) : 관인의 꼭지에 달린 끈 또는 도장. 곧 군수나 사또를 상징함.
일체중생이 개유불성(皆有佛性) : 불교 용어. 모든 사물은 불성(佛性)을 지니고 있다는 말.
임내내다 : 흉내내다.
자손창성 : 많은 자손을 낳아 집안이

번성함.
적원 : 원망을 맺음.
젓대 : 피리.
조대(釣臺) : 낚시터.
주련(珠聯) : 건물기둥에 붙어 있는 글귀.
준초(俊超) : 매우 뛰어남.
줌이 벌다 : 한손에 쥐기가 많다?
지러밟다(지르밟다) : 짓이기고 가다. 짓밟다.
차마선(車馬宣) : 수레와 말이 많이 다니는 큰 길.
채견채견 : 차근차근. 말이나 행동. 성미같은 것이 조리있고 찬찬한 모양을 나타내는 말.
천경만론(千經萬論) : 불경을 말함.
천생아재(天生我才) : 하늘이 나에게 준 재주.
철심석장(鐵心石腸) : 쇠처럼 굳은 마음과 돌처럼 단단한 속. 굳 곧은 마음이란 말.
청사리(靑沙梨) : ① 채 익지 않은 배 ② 배나무에서 딴 그대로의 생생한 배.
출장입상(出將入相) : 대궐을 중심으로 외직(外職)으로 나가면 장수가 되고, 내직(內職)으로 들어오면 재상(宰相)이 됨. 훌륭한 인재를 말함.
침공 : 바느질 솜씨.
칭병(稱病) : 병이 났다고 핑계를 댐.
탁족(濯足) : 발을 씻음.
편발 : 총각이나 처녀가 관례하기 전에 머리를 땋아 느리는 것. 또는 땋아느린 머리.

폭건(幅巾) : 머리에 쓰는 수건.
풍채헌앙 : 몸에 풍기는 인상이 헌출하게 우러러 보임.
필낭(筆囊) : 붓을 넣는 주머니.
한겻 : 반나절 되는 동안.
한아(閑雅)하다 : ① 한가하고 아치가 있다.
② 조용하고 품위가 있다.
한운야학(閑雲野鶴) : 구름은 한가롭게 떠 있고 학은 들판에 여유있게 지내는 광경.
행매육례(行媒六禮) : 중매장이의 소개로 혼인을 치룸. 이 때의 절차가 여섯 가지임.
허공마(虛空馬) : 불교의 근본이 허와 공을 상징.
허방지방 : 허둥지둥. 허겁지겁 정신없는 모양.
허탄히(虛嘆) : 허망(虛妄)함.
형설지독(螢雪之讀) : 반딧불이나 눈빛으로 책에 비춰 읽음. 형성지공과 같음.
호랑이 걸음 : 소리안나게 걷는 걸음.
호반집 : 무관(군인) 관료 집안.
화장(花場) : 화류계(花柳界). 곧 기생 사회.
화전지(花箋紙) : 꽃무늬 종이.
화제(畵題) : 그림제목. 그림의 주제.
활연히 : 시원스럽게.
황모 무심필 : 쪽제비 털로 만든 붓. 열 자루가 안됨.
황화물건(皇華物件) : 중국에 갔다오면서 가지고 온 물건. 황화는 외국으로 심부름가는 사신을 말함.

횃대 : 해대. 나무의 두끝에 끈을 매여 벽에 달아 매여놓고 옷을 걸게한 막대기.
휘움하다(휘움히) : 조금 흩어져 있다.

이태준문학전집 12
황진이

초판발행 1999년 11월 25일
4쇄 발행 2008년 4월 1일

저 자 이 태 준
펴낸이 박 현 숙
찍은곳 신화인쇄공사

110-320 서울시 종로구 낙원동 58-1 종로오피스텔 606호
TEL. 02-764-3018, 764-3019 FAX. 02-764-3011
E-mail : kpsm80@hanmail.net

펴낸곳 도서출판 **깊 은 샘**

등록번호/제2-69. 등록연월일/1980년 2월 6일

ISBN 89-7416-047-1
ISBN 89-7416-037-4(세트)

※ 잘못된 책은 교환해 드립니다.

값 7,500원